갈매기의 꿈을 꾸다

# 갈매기의 꿈을 꾸다

이기원 수필집

정출판

세찬 바람이 부는 날도, 바람기가 하나도 없는 잔잔한 물결인 날도 갈매기는 날았다가 다시 일렁이는 물결 위에 몸을 담그고서 쉬임을 반복한다. 몸이 차가워졌는지 뾰족한 바위 끝에 앉아 깃털을 말린다. 그리고는 한 쪽 방향을 응시하다 이내 자리를 박차고 날아오른다.

나도 갈매기처럼 아름다운 인생길을 만들기 위해 험한 길도 갔었고, 가파른 언덕길도 허덕거리며 갔었다. 어느 날에는 잘 포장된 도로를 애마를 이용하여 시원하게 질주도 했었다. 감내라는 포옹의 주머니를 늘 달고 다녔다. 주머니 안에는 만져지는 물질도 없는데 무겁게만 느껴졌다. 고단함이란 친구와 함께하지 않을 수 없었다.

길은 늘 평탄하고 걸어가기 좋은 길만 있는 것은 아니다. 울퉁불퉁, 꼬불꼬불, 올라가기 힘든 고갯길, 가시덤불이 우거진 산길도 우리는 가야 한다. 길을 가다 보면 청명한 날도 있고 비바람과 세찬 눈보라가 몰아치는 날도 있었다.

어쩌면 나의 인생길이었다. 성글은 삼베옷처럼 차가운 찬 바람을 막아주지 못하고 온몸으로 모진 비바람을 맞으며 살아왔다. 그렇게 지내오며 고희를 맞이하게 되었다. 기억에 남아 있는 잊지 못하는 일들

6

을 뒤돌아보면서 글을 남기게 되었고, 마음 한구석에 자리 잡고 있던 생각들을 글로 표현하였다.

생각을 글로 옮긴다는 것은 만만치 않았다. 평생교육원에 등록하여 수필창작법을 배웠다. 글로 써서 토론하고 서로 화평해가며 실력을 쌓아왔다. 함께 공부한 동료분들에게 감사드리고, 수년 동안 지도를 해주신 김홍은 교수님께 깊은 감사 인사를 드린다.

또한 글을 쓰려면 내 모든 것을 속속들이 들어내어 마음으로 글을 써야 한다며 글을 읽고 평을 아끼지 않았던 아내에게도 고맙다. 묵묵히 자리를 지켜준 아들 내외와 손자에게 수필집을 전하고 싶다. 마지막으로 이 수필집이 나올 수 있도록 지원해주신 충북문화재단 관계자분들에게 감사 인사드린다.

검은 호랑이의 해 시월
이기원

# 검은 호랑이

검은 호랑이의 새해가 밝았다. 호랑이는 우리 인간에게 첫인상은 무서운 존재다. 약육강식의 상위 포식자로서 사람도 잡아먹었다는 옛이야기들을 들어와 산속에서 만나면 두려운 존재라는 인식이 뇌리에 박혀있다. 예로부터 조상들은 호랑이를 산신령이라며 두려움과 동시에 경외의 대상으로 여겼다. 그런데 왜 하필이면 검은 호랑이인가 그것이 주는 의미는 어디에 있을까? 왜 많은 사람이 좋은 해라고 말들을 할까?

2022년은 60갑자를 돌려쓰는 壬寅年이다. 여기서 壬자는 9번째 天干이며 젊어지다, 아첨하다의 의미를 내포하고 있단다. 색으로는 검정색을 나타낸다. 사람들의 머리가 검다는 것은 젊음을 나타낸다. 특히나 호랑이도 검정빛을 띠는 털을 가진 것이 있단다. 그리고 寅자는 십이지의 셋째이며 범을 상징한다. 壬과 寅을 합해보면 검은 털로 무늬가 그려져 있어 壬寅年은 검은 호랑이의 해라고 말할 수 있다. 젊음의 힘이 넘쳐 어느 것도 이루지 못할 것이 없어 보인다.

검정색은 어둠을 상징하며 죽음과 무상함을 나타내기도 하고 반대로 엄중하면서도 우아함이나 무게감을 보여준다. 검은 호랑이를 좋아하는 이유를 찾을 수 있을 것 같다. 젊음을 나타내고 있는 것이다. 힘이 왕성한 시기이므로 어떤 고난과 어려움도 이기고 나아갈 수 있다. 진취적으로 자기가 맡은 직무나 목표를 향해 언제나 힘차게 전진할 수 있다. 미래가 밝고 희망이 가득하지 않을 수 없다. 그러니 이런 해에 태어나는 아기는 활기가 검은 호랑이처럼 왕성하며 지치지 않는 진취적인 성품을 지니고 있을 터이니 좋아하지 않을 수 없다. 본인이 타고난 재능에 따라 해박한 전문 지식을 갖춘 과학자가 될 수도 있고, 예술인이 될 수도 있고, 나라의 안녕과 평화를 유지하면서 사람들은 자기 생업에 자유롭게 종사할 수 있을 것이다.

또 다른 방향에서 생각해 보면, 壬方은 이십사 방위의 하나로 정북에서 서쪽으로 15각도로 기울어진 방향이며 壬時는 이십사 시의 이십사 번째 시로 오후 10시 반에서 11시 반까지를 나타낸다. 寅方은 정북에서 동쪽으로 15각도로 기울어진 방향이다. 寅時는 오전 3시에서 5시이다. 그리고 이십사 방위에서 정북에서 좌우 15각 내를 나타낸다. 우리나라에서는 일반적으로 북쪽을 최상의 방향으로 인정한다. 조상들에 대한 제사도 북쪽을 향해 지낸다. 따라서 壬方, 壬時, 寅方, 寅時 4요소를 다 합치면 시간상으로 오후 10시 반부터 오전 5시까지다. 사람이나 호랑이는 한참 잠들어 있는 시간이다. 즉 아무런 걱정도 없이 세상모르고 평화스러울 때다.

밤에 잠을 설친 사람은 비몽사몽 정신으로 무엇을 하든 실수를 하거나 일을 망가뜨릴 가능성이 크다. 다른 사람과의 대인 관계도 짜증이 날 수 있다. 이런 사람에게 누가 많은 일을 맡길 수 있을까. '아! 잘 잤다.' 하면서 기지개를 켜는 사람을 보라 얼마나 기분이 좋아 보이는지, 한밤중에 잠을 잘 잔 사람은 심신이 건강하고 차분히 가라앉은 감정으로 매사에 신중을 기하고 사회적 인간관계도 부드럽다. 잠을 잘 잔 검은 호랑이는 강력한 힘을 자랑이라도 하듯 산천을 주름잡는다. 검은 호랑이가 나타나면 모든 사람이 두려움과 경외의 마음을 가지게 되리라.

긴 기간 동안 코로나 사태로 국내외적 어려움을 겪고 있는데 올해는 이런 모든 어려움이 해결되고 더욱더 나은 세상이 펼쳐지리라 믿는다. 누구나 누릴 수 있는 조그만 목표 달성의 기쁨을 누리는 것을 기대한다. 개인이나 단체, 더 나아가 우리 사회 전체가 강력한 힘을 가진 검은 호랑이처럼 성실하고 믿음직하며 패기가 넘치는 한 해가 되기를 간절히 기원한다.

# 차 례

## 제1부 추억을 먹고 살아요

# 차 례

## 제2부 자연 속에서

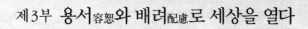

## 제3부 용서容恕와 배려配慮로 세상을 열다

## 제4부 교육이란

## 제5부 어디서 왔는가

차 례

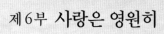

## 제6부 사랑은 영원히

# 제1부
## 추억을 먹고 살아요

건강하게
하고 싶은 일을 하면서 즐겁게 살고 싶다
풍족한 물질을 바라기보다는 정신적 풍요를 바란다

놀고 있네
가정 방문
외갓집 가는 길
선녀를 보다
설원
꽃밭에 앉아서
남촌서 불어오는 바람
사금파리
나의 틀을 깨자
아름다운 소리

# 놀고 있네

시대 상황에 따라 젊은이들의 입을 통해 유행하는 말들이 만들어지고 순식간에 전국으로 퍼져나가 젊은이들의 대화 속에서 활용되고 있다. 대학 시절 나는 대학적십자 동아리에 가입해 봉사활동을 하면서 친구들을 사귀기 시작했다. 내성적이었던 나는 성격을 바꾸기 위해 많은 사람과 접하여 부딪치고 대화하며 사회성을 키우려는 목적으로 동아리 활동을 했다.

칠십 년대는 국립대학교 사범대학만 들어가면 취업 걱정은 안 해도 되었었다. 학점만 통과하면 자동으로 교사 자격증이 나오고 교사 발령까지 내주니 대학 시절은 얼마든지 동아리 활동을 하면서 캠퍼스 안에서 낭만을 즐기는 여유로운 시간을 보낼 수 있었다. 그 시절 함께 활동하던 친구들은 지금도 일 년에 몇 차례 만나 여행도 다니면서 지난 일들을 회상하며 화기애애한 시간을 보낸다.

지난 모임에서는 대학 2학년 여름 이야기가 나왔다. 누군가 냇가에 밤에 횃불을 밝히고 다니면 물가에서 고기들이 잠자고 있다고 했다. 고기들은 잠자고 있으므로 쉽게 바구니에 주워 담을 수 있다는 것이다. 말만 들어도 벌써 신이 났었다. 봉사활동을 마치고 내가 살고 있는 동네 앞 냇가 미호천으로 고기를 잡으러 가자는데 모두 마음이 들떠 동의를 했다.

저녁을 먹고 우리 집으로 몰려갔다. 아버지께 인사를 드리고 자세한 이야기를 하니 헌 옷가지와 솜을 이용하여 손수 횃불 방망이를 만들어 주셨다. 전쟁에서 승리할 자신이 있는 병사들처럼 횃불과 바구니를 들고 힘차게 냇가로 향해 발걸음을 옮겼다. 모래무지, 꾸구락지, 붕어, 버들치리 등을 많이 잡을 것이라는 기대를 잔뜩 걸고 구령에 맞추어 냇가로 행하였다. 냇가에 도달하자 누가 먼저랄까 옷을 벗어 던지고 물로 들어갔다. 아마 잠자던 고기도 놀라 후다닥 도망갔을 것이다. 처음에는 고기들이 보이질 않았다. "조용히 해 고기가 놀라 도망가잖아." 허리를 구십 도로 굽히고 횃불을 들고 살금살금 발걸음을 옮겼다. 풀 섶에서 작은 물고기들이 있는 것이 눈에 띄었다. 그러나 고기는 횃불이 가까이 다가가자 지느러미를 좌우로 저으며 저만치 달아난다. 고기들은 "날 잡아 잡숴유" 하면서 가만히 잠자고 있는 것이 아니고 조용히 놀고 있다가 우리가 다가가면 후다닥 도망을 가버렸다. 그러자 여기저기서 "놀고 있네"라는 말이 연발 튀어나왔다. 이렇게 한 시간여를 물속에서 헤매어 봤지만, 물고기는 한 마리도 잡지 못했다. 헛수고만 하고 집으로 들어왔다.

그 일이 있었던 뒤 어떠한 일을 하면서 생각대로 되지를 않거나 잘 풀리지 않으면 '놀고 있네'라고 하면서 상황에 맞게 서로를 웃기는 일이 잦아졌다. 그 말이 한 명, 두 명 퍼져나가기 시작했다. 며칠

후 대학 캠퍼스는 물론 청주 시내에서 젊은이들로부터 자주 들렸다. '아! 유행어가 이렇게 퍼져나가는구나'라는 생각이 들었다. 어느 지역까지 퍼져나갔는지는 알 수는 없지만, 청주 지역에서는 한때 유행어가 되었다.

이제는 통신기기가 발달하여 이슈가 되는 말들은 SNS를 통해 순식간에 전국적으로 확산이 된다. 쉽게 확산이 된다는 것은 좋은 방향으로 사용되면 좋으련만 폐해가 너무 클 수도 있겠다. 기상 이변이나 긴급을 요하는 경우 국민안전처로부터 전 국민에게 알려 피해를 줄일 수 있어 좋다. 스마트폰에 내장된 메시지, 카톡, 밴드 등 다양한 프로그램을 활용해 세상에 소식을 순식간에 전한다. 요즈음 많은 사람이 스마트폰 속에서 놀고 있다. 다양한 프로그램 앱을 다운 받아 자기 자신의 역량을 키우는 데 활용하기도 한다. 이렇게 놀고 있는 것은 긍정적 기기의 활용도를 극대화하는 것이다.

한편 그렇지 못한 놀이도 있다. 확인되지 않은 내용들을 무차별적으로 전송하여 많은 사람을 혼란에 빠지게도 한다. 어떤 날은 짜증이 날 정도다. 같은 내용을 서로 다른 친구들이 내 카톡에 올린다. 안 열어 볼 수도 없다. 읽어 보지도 않고 지워버리는 경우가 허다하다. 유용하든, 그렇지 않든 너무 많은 정보가 '까똑'거리며 귓전을 울려 정신이 없다. 다 읽어 볼 시간도 없다. 스마트폰의 용량의 한계가 있으므로 일일이 지워야 한다. 정말 할 일이 없이 놀고 있는 사람들이 너무 많다는 생각이 든다.

놀고 있을 시간이 없이 하루를 바쁘게 살아가는 사람들이 존경스럽다. 스마트한 세상 스마트하게 살아가는 방법을 모색해야 한다. 카톡에 빠져 놀지 말자. 아날로그 시대로 돌아가 소박한 행복을 찾고 싶다. 물 맑은 냇가에서 버들치리를 잡으며 놀고 싶다. 하면서 오늘도 한자 앱을 열어 퀴즈 풀이에 도전한다. 그리고 카톡방으로 옮겨 또 지운다.

# 가정 방문

퇴직 후에 건강을 잘 유지하기 위해서 친구들과 자전거를 가끔 탄다. 하루는 미호천 자전거 길을 따라 세종시를 다녀오는 코스를 잡고 출발했다. 힘이 들 때쯤 되면 쉬는 장소가 나온다. 미호천과 대청댐에서 내려오는 물이 만나는 곳에도 휴식 장소가 잘 만들어져 있다. 이마에 땀을 닦으며 쉼터 간판을 보니 이름이 '합강'이다

삼십여 년 전 금강 변에 이웃한 이 동네를 교사 네 명이 가정 방문한 일이 있었다. 언덕배기 중간에 부엌을 포함하여 세 칸이 되는 초가집이었다. 학생 어머니는 아궁이에 불을 때다가 나오시면서 머리에 두른 베수건을 벗어 옷에 묻은 먼지를 털고는 정중히 인사를 하며 우리를 맞아주셨다. 먼 곳까지 오시느라 힘드셨을 텐데 냉수 한 모금이지만 마당에 서서 드시면 안 되니 마루에 앉아서 드시라 한다. 가정 방문을 오셨으면 대화를 해야 하는데 누추하지만, 방으로 들어가서 이야기하자고 청을 했다. 처음 인사부터 친절하신 어머니 행동에 감사하여 말을 따르는 것이 옳다고 생각되었다. 우리에게 무언가 부탁할 말이 많이 있는 것 같은 느낌도 들었다. 경제적

으로는 어렵지만 친절하고 바른 예의에 놀라워 어머니의 부탁에 하는 수 없이 방으로 들어갔다.

학생이 쪼그려서 공부하는 조그만 책상 하나에 학교에서 배우는 책 몇 권이 놓여 있었다. 보잘것없는 살림살이는 정감 있게 정리되어 있었다. 어머니의 찬찬한 정성의 손길이 닿은 듯하다. 그 순간 마당에서 꽥하는 소리가 들려 내다봤더니, 아뿔싸 어머니가 닭 한 마리를 붙잡아 손에 쥐고 있는 것이 아닌가. 우리는 또 놀랐고 처음부터 무언가 이상하다고 생각하였었다. '이미 닭은 죽었습니다. 조금만 기다리세요.' 한다. 가정에 폐를 끼쳐서는 안 되는 줄 알면서도 우리는 꼼짝 못 하고 기다릴 수밖에 없었다.

도시에서 살기가 너무 힘들어 이곳에 정착하여 학생 아버지가 금강에서 고기를 잡아 생계를 유지한다고 한다. 아들 하나 있는데 사람 됨됨이만 잘 만들어 달란다. 닭 요리를 먹으면서 이런저런 이야기를 많이 했다. 그날은 생각도 못 했던 닭 요리 대접은 여느 때보다도 어머니의 정성이 듬뿍 들어가 있어 맛이 달랐음을 느꼈다. 어머니는 아들이 훌륭한 사람이 되기를 간절히 바라는 마음으로 아낌없는 대접을 했을 것이다. 우리는 너무나 많은 부담을 드린 것 같아 마음이 편하지 않았다. 우리들은 학생들에게 더 친절하고 열심히 지도해야겠다는 각오도 서게 되었다.

한편, 상대방과 입씨름 한번 없이 자기가 의도한 대로 행동을 하도록 이끌어낸 그 지혜는 어디서 나올까. 아마 어려서 부모님으로부터 체득한 슬기로운 삶의 방식을 따른 것 같다. 조선 시대의 유교 사상에서 君師父一體라 하지 않았던가. 교사는 아버지와 같은 마음. 그다음 날 학생을 불러 공부를 열심히 하여 훌륭한 사람이 되어야 한다는 당부를 하면서 공부하는데 필요한 학용품을 사주었다. 그러고 나니 마음에 부담이 조금은 덜어진 기분이었다.

가정 방문을 마치고 나면 학생들을 대하기가 매우 편하다. 그 학생의 가정에 대하여 배경을 어느 정도 파악을 해놓았으니 학생들은 담임에게 거짓말을 할 수가 없게 되는 것 같다. 예전에는 개인 신상 카드가 있었다. 그곳에는 가정의 재산 상태까지 모두 망라되어 있었다. 전후 사정을 솔직히 이야기하게 되고 그 학생의 장래에 관하여서도 이야기가 쉽게 오고 갈 수가 있다.

요즈음은 가정 방문이라는 행사는 잘 하지 않는다. 가정에 세세한 내용을 파악할 수도 없다. 개인 신상을 보호해야 한다는 차원에서 모든 것을 숨긴다. 학생의 자존심을 건드리는 말도 삼가야 한다. 도대체 대화의 실마리를 어디서부터 찾아야 할지 모를 때가 많았다. 예전과는 너무 판이한 상담 과정이 이루어진다. 세월이 흐름에 따라 변화하는 세태를 거스를 수는 없는 일이다. 시류에 맞게 임무를 수행해야 한다는 사실에 조금은 서글퍼질 때가 있었다. 학생과 학부모, 교사 사이에 격의 없는 대화가 오갈 수 있다면 얼마나 좋을까. 이해와 배려를 앞세운 아름다운 동행이 바람직하고 알찬 교육이 이루어진다고 굳게 믿고 싶다. 삼십여 년이나 흘러간 지금도 그 학생의 어머니의 자식을 위한 겸손함이 우리 일행에게 감동을 주었다. 그때 그 학생은 아마도 훌륭히 자라 보람 있는 나라의 일꾼이 되었을 것이다. 그렇게 믿고 싶다. 그 어머니를 뵙고 싶은 마음을 가슴에 담고 세종시를 향해 힘차게 자전거 페달을 밟았다.

# 외갓집 가는 길

인생의 길은 여러 가지의 갈래 길이 있다. 어느 길은 선택하여 가느냐에 따라서 험난할 수도, 평탄할 수도, 주변이 아름다울 수도 있다.

나에게는 외갓집을 걸어 다니던 지금도 다시 걸어 보고 싶은 오래된 정감이 있는 길이 있었다. 지금은 왕복 6차선으로 잘 포장된 아스팔트 길이 직선 또는 완만한 곡선으로 되어있어 많은 차가 도로를 꽉 메우고 질주를 한다. 걸어 가보고 싶어도 갈 수가 없다. 사람들이 걸어서 갈 수 있는 인도가 따로 없다. 그야말로 자동차 전용 도로이기 때문이다. 나 또한 그 길을 순식간에 승용차로 내 달린다. 아무런 감정도 없이 달린다.

오륙십 년 전에는 길 양쪽에 미루나무가 열병하듯이 줄지어 서 있었다. 도로는 비포장으로 흙먼지가 날리던 길이었다. 역시 이때도 사람이 다니는 인도는 따로 구분이 없었다. 이따금 터덜거리며 지나가는 트럭이 먼지를 날리며 지나가면 잠시 옆으로 돌아앉아 양 손은 코를 막고 잠시 기다리다 다시 걷기도 했었다. 외할머니께 드릴 조그만 선물 보따리는 등 뒤에서 갑자기 가슴 쪽으로 몸을 숨긴다. 그도 날리는 흙먼지가 싫었나 보다. 그래도 그 길을 따라가다 보면 눈 앞에 펼쳐지는 들판은 평화롭고 정감이 있었다. 벼들은 싹을 삐죽이 하늘로 향해 뻗어 내고 실바람에 살랑실랑 흔들거린다. 잠자리는 그 위를 맴돌며 무언가를 찾으려 고개를 좌우로 돌리며 빠른 날갯짓을 한다.

좀 더 높은 하늘에는 검정 무도복을 맵시 있게 차려입은 제비들이 빠르게 쉬익 날아 묘기를 부리듯 날아간다. 때론 독무대로 펼치다가 갑자기 군무가 펼쳐진다. 군무를 출 때는 눈을 휘둥그렇게 뜨고 관람을 한다. 보리밭에 둥지를 튼 종다리는 짝과 함께 '찌르르 찌르르' 노래하며 먼지를 품어 안은 회오리바람과 함께 하늘 높이 신혼여행을 즐겁게 떠난다. 이번에는 알을 몇 개나 품을 수 있을까? 잘 키워서 내년에는 그네들도 우리와 함께 이 보리밭에서 짝을 찾아 둥지를 틀기를 바라면서 희망의 노래가 들리는 것 같았다.

어쩌다 논둑에 앉아 아픈 다리를 쉬려 하면 '찌르르 찌르르' 이름 모를 풀벌레가 합창을 한다. 무대가 어디인가 둘러보아도 보이지를 않았다. 손뼉이라도 치면 금세 무대를 다른 곳으로 옮겨버린다. 칭찬을 받기가 쑥스러워 그랬던 것 같다. 논바닥엔 우렁각시가 슬금슬금 기어 다니며 날 찾아 따라오라며 자국을 남기고 어디론가 구석진 곳으로 향하고 있다. 이내 송사리는 꼬리를 살랑살랑 흔들다가 급한 용무가 생겼는지 갑자기 휙 지나간다. 그 모습에 놀란 왕눈이 개구리는 눈을 휘둥그레 뜨고 좌우를 살피며 경계를 한다. 새끼

잠자리가 쉬어갈 자리를 찾아 내려오는 순간을 포착 길게 뻗은 혀 끝으로 '척' 하고 먹잇감으로 삼는다. 꾸역꾸역 물 없이 먹다 보니 목에 걸리는지 한참을 입에 물고 고개를 좌우로 흔든다.

'이크' 꼼지락거리던 모기 애벌레는 미꾸라지 공격에 슬픔의 눈물을 흘린다. 순식간에 벌어진 일이라 누구 하나 눈 꿈적도 안 한다. 언제 그랬느냐는 듯 주변은 다시 조용하다. 스릴 있는 드라마를 보던 나는 꾸벅꾸벅 꿈나라를 왔다 갔다 하였다. 혹시 나도 누구의 먹잇감이 될까 깜짝 놀라 주변을 살핀다. 아무도 없네, 아랫입술 꼬리로 흘러내린 침을 손바닥으로 쓰윽 훔치고 자리를 일어섰다. 내가 가는 건지, 하늘이 나를 두고 가는 건지, 하늘은 언제나 뭉게구름 두둥실 품어 안고 어디론가 유유히 흘러간다.

어머니 마음보다 더 넓고 깊은 마음으로 사랑을 해주시는 외할머니 얼른 보고파서 뜀박질로 단숨에 외갓집 삽짝 앞에 우뚝 섰다. 외할머니, 저 왔어요! 소리친다. 와락 끌어안으시는 외할머니, '어떻게 혼자 왔니? 어서 들어와 걸어오는 길이 힘들지는 않았니?' 걱정스러운 마음으로 으레 물으셨다. 아니 안 무서웠어요. 외할머니 보고 싶어 마구 달려왔어. '아이고 내 새끼!' 눈물이 주르륵 양 볼에 뜨겁게 흘러내렸다.

세월이 흐름과 교통수단의 발달에 따라서 정감이 있던 그 길은 온데간데없고 잘 포장된 아스팔트 위를 차량 행렬이 줄을 잇는다. 이제 어머니가 그 옛날 외할머니 모습을 하고 계신다. 어머니는 어떤 마음으로 그 길을 바라보고 계실까?

# 선녀를 보다

　여름이 오면 무더위를 피하려고 바다나 계곡을 찾는 사람들이 많다. 바다는 앞이 확 트여 가슴이 후련한 느낌을 준다. 반면 계곡은 어디서나 차디찬 물과 나무 그늘이 있어 뜨거운 햇살을 피하기 좋다.

　사람들은 취향에 따라 피서지를 택하여 휴가를 떠난다. 어디를 택하여 가든 떠나는 마음은 즐겁기만 하다. 콧노래가 절로 나오며 흥얼거린다. 삼십여 년 전 무더운 여름방학 기간에 대학에서 연수를 받았다. 그 시절만 해도 시설도 낙후되고 에어컨도 없이 선풍기 한 대를 이용하여 더위를 식히며 강의를 받았다. 무더위를 참고 견디기가 힘들면 창틀을 모두 떼어 놓고 물을 떠다가 바닥에 뿌리기도 했다.

　연수 기간 중간쯤에 체력단련 시간이 계획되어 있었다. 하루 일과를 자체적으로 계획을 세워 건강을 챙기기 위한 행사를 하면 되는 것이다. 우리 반은 학교에서 그리 멀지 않은 계룡산 등산을 하기로 합의를 보고 추진하였다. 갑사에서 출발하여 금잔디 고개까지 다녀오는 코스를 잡고 체력단련을 위한 산행을 시작하였다. 무더위가 심해서 인지는 몰라도 사람들은 많지 않았고 간혹 눈에 뜨일 정도였다. 동료 예닐곱 명이 한 조가 되어 이런저런 이야기를 하며 꼬불꼬불 계곡 옆으로 있는 등산로를 따라 올라가고 있었다. 산림은 울창하고 햇빛은 전혀 들어오지 않았다. 길은 꼬불꼬불하여 시야는 멀리 볼 수가 없었다. 계곡에는 맑은 물이 흐르며 웅덩이를 만들어 놓아 선녀들이 목욕을 하고 있을 것만 같았다. 혹시 선녀가 하늘에서 내려와 목욕하지는 않을까? 우리들은 나무꾼이 될 기대 반 설렘 반 이야기가 오고 갔었다.

용문 폭포쯤 가고 있을 때였다. S자 길을 따라 돌아서는 순간 모두는 눈을 동그랗게 뜨고 꼼짝도 못 하고 시선이 한 곳으로 집중되었다. 백주에 실오라기 하나 걸치지 않은 여인네들이 코앞 웅덩이에서 목욕을 하고 있는 것이 아닌가? 우리와 그녀들의 눈이 마주쳤고 누구도 움직이지 못하고 웃음으로 이어졌다. 맑은 물속의 나신이 실루엣 되어 혈기 왕성한 젊은이들을 유혹이라도 하듯 잔잔한 물결에 어른거려 신기하기만 했다. 두 손으로 가려진 풍성한 가슴은 수줍은 듯 웅크리고 있지 않은가? 순간 이들이 선녀로구나! 그러면 나는 '나무꾼?', 선녀라는 표현이 절로 나온다. 선녀의 가슴이 이렇게 아름다울 수가 있나? 숨은 멎은 듯했고 입안에는 금세 침이 나와 가득했고 한 모금 꿀꺽 목구멍으로 넘어갔다. 내 눈이 의심스러워 비벼보았지만, 상황은 여전히 여인들의 아름다운 나신이 웅크리고 있는 것이었다. 물결이 어른거리는 물속 여인의 피부는 우윳빛 그 자체였다. 순간적으로 벌어진 상황이라서 이러지도 저러지도 못하는 자신들의 행동이 우스웠는지 그대로 노출을 해버린 것이었다. 그러고는 깔깔대며 박장대소를 하였다. 우리도 덩달아 손뼉을 치며 좋다고 소리를 쳤다.

조선 시대 금기시되었던 여인네들의 삶과 사랑을 인간의 솔직한 심정으로 표현한 혜원 신윤복의 그림 단오풍정端午風情 속 탱글탱글한 젖가슴, 뽀얗게 쭉 뻗은 허벅지, 오래 숨겨 두었던 은밀한 신체 부위를 드러내고 머리 감는 모습을 바위 뒤에 숨어서 훔쳐보는 남정네들의 심정은 어떠했을까? 아마도 숨이 멎은 듯 고요히 눈알 빠지도록 평소에 보지 못했던 그곳을 조금이라도 더 보고 싶어 온갖 욕정을 참고 또 참았으리라. 그리고는 수컷의 욕정이 발하였으리라. 선녀와 나무꾼 이야기 속 나무꾼의 마음이나, 단오풍정端午風情 그림 속 남정네들 또한 그때의 내 심정과 같았으리라.

짧은 순간이었지만 여인들의 아름다운 나신을 코앞에서 감상해서인지 발걸음 가볍게 목적지에 도착하였다. 시원한 바람을 마시며 가슴을 활짝 펴고 심호흡을 하였다. 시선 아래의 산봉우리들이 스치는 흐릿한 구름에 한 폭의 동양화를 그린다. 그 동양화에는 여인들이 목욕하는 장면이 담겨있었다. 그동안 강의실에서 연수를 받느라 찌든 것들을 땀으로 배출시키고 나니 가슴마저 후련해졌다.

# 설원

겨울 하면 떠오르는 것은 흰 눈이 수북이 쌓여 있는 산야다. 나뭇가지가 늘어질 정도로 쌓인 눈은 작은 티 하나 없이 감추어 버린 세상을 깨끗하게 한다. 어쩌면 그곳이 천국이 아닐까 하는 생각도 든다. 온통 순백의 눈이 뒤덮인 아름다운 자연과 만남의 시간을 갖고 싶다. 눈밭을 뛰어다니는 어린아이들의 천진난만한 행동, 어릴 적 놀던 기억에 한참을 눈감고 상념에 잠겼다. 어른용 장화를 신고 털퍼덕거리며 눈밭을 뛰어다니던 그 모습이 바로 눈앞에 있었던 일처럼 떠오른다. 어릴 적에는 눈이 많이 내렸었다. 밤사이 눈이 내려 쌓여 있으면 형제들은 싸리비, 넉가래, 삽 등을 가지고 안마당부터 시린 손끝에 입김을 호호 불며 눈을 치우기 시작했다. 집으로 들어오는 고샅까지 치우다 보면 추위는 금세 사라지고 등엔 어느새 땀이 흘렀다.

평소에 새하얀 눈이 온 천지를 뒤덮은 곳에서 한겨울을 보내고 싶었던 옛 생각이 떠올랐다. 사전에 아무런 계획도 없이 어느 날 갑자기 일본 북해도 행 비행기에 몸을 실었다. 설원 속의 온천장에서 목욕하면서 편히 쉬었다 오고자 했다. 이런저런 어릴 적 눈 쌓인 겨울 시골 풍경을 머릿속에 그리다 보니 어느새 북해도에 도착한다는 안내 방송이 나온다. 버스를 타고 공항을 뒤로하고 자그마한 도시를 벗어나 시골길을 달린다. 온통 창밖은 새하얀 눈이다. 멀리 보이는 산들은 더욱 정겹게도 보인다. 눈이 주는 정감은 어느 곳을 가나 마찬가지이다. 왠지 큰 선물을 받은 느낌이다. 시끌벅적하던 세상을 새하얀 눈으로 덮어버려 고요한 세상이 성스러운 땅으로 변화를 시켜놓은 듯하다. 한여름에 서로 힘자랑하듯 무성하게 자랐을 초목들도 모두가 자연의 섭리에 따라 흰 눈의 은덕을 입고 고요히 잠들어 있다. 숲속을 날뛰던 사슴마저도 겨울잠에 들어갔는지 발자국 하나 남기지 않았다. 그런 와중에 가지마다 백화를 매달고 아름다움을 선사하려다 힘에 지쳐 늘어진 가지는 금방이라도 부러질 듯 가냘프기도 하다. 설경을 바라보는 시선과 마음은 한껏 고조되어 금방이라도 기쁨에 빠져 소리치며 하늘을 향해 축복을 내려주심에 날뛰고 싶다. 인간의 능력으론 불가함에도 불구하고 무한적인 상상의 욕구에 의해 나 자신은 순박한 시골 아이로 다시 태어났다.

얼마를 달렸는지 해가 져서 어둑해질 무렵 조그만 온천 마을에 도착했다. 가게마다 출입구 옆에서 경비를 서는지 머리와 앞가슴에 치장을 하고 서 있는 귀여운 눈사람이 반긴다. 따뜻한 온천물에 피로를 풀고 나와 방으로 가니 창밖에는 또다시 흰 눈이 가로등 불빛을 타고 조용히 선을 긋는다. 내일 아침에는 또 어떤 모습의 눈이 나를 반길까 하는 기대를 품고 잠자리에 들었다.

레스토랑의 대형 유리 벽 옆자리에 앉아 천천히 아침 식사를 하며 눈 덮인 산야를 바라보고 있노라니 어느 순간 나도 모르게 첫사랑 여인의 모습이 떠올랐다. 지금은 어디서 무얼 하고 있을까? 보고 싶어지는 마음은 왜 그럴까. 지나온 세월을 왜 뒤돌아보게 하는가? 사랑하는 여인과 함께 눈밭을 하염없이 도망치듯 가 보고 싶은 충동이 일어났다.

가도 가도 끝이 없는 설원을 허벅지까지 빠지며 힘겹게 행복이 부르는 곳으로, 늘어진 목도리 끝에 고드름을 매달고 입에서는 하얀 입김을 내뿜으며 백설을 듬뿍 이고 있는 저녁연기가 모락모락 피어오르는 오두막집으로 향하고 싶다. 내 키만큼 자란 기다란 고드름을 처마에 매달고 있는 오두막집, 왠지 그 속엔 행복이 가득한 따뜻한 방이 있을 것만 같다.

첫사랑이란 단어만큼 가슴을 흔들어대는 것은 눈 덮인 설국 雪國일 수도 있다. 왠지 첫사랑과 설국은 하나의 감정 흐름에 얽혀있는 것 같다. 첫사랑이나 흰 눈은 순수함과 순정을 내포하고 있고 처음으로 겪어 보는 일이기 때문이다. 눈발이 간간이 바람을 타고 또 날린다. 드넓은 설원에 홀로 서 있는 기분에 괜스레 허전하고 쓸쓸하다. 첫사랑은 잊히지 않는 그리움으로 밀려오는 건 왜일까?

수많은 사람이 발자국을 남기고 지나갔건만 설원은 깨끗하고 순수함을 간직한 아름다운 고향 같다. 백설같이 흰 꽃잎을 품고 있는 꽃망울이 활짝 필 때를 기다리며 가지 끝에 매달린 희망이다. 가장 아름답고 설레지만, 결코 이룰 수 없어 더욱 애틋하기만 하고 아련한 첫사랑 소녀를 누구도 들어올 수 없는 마음 한구석 순수의 눈밭에 깊게 묻는다. 내 어릴 적 순수한 마음을 언제나 간직하고 하얀 설원에 묻어두고 싶다. 수억 년 세월이 흘러도 그 모습 그대로인 빙하 속 유적처럼!

# 꽃밭에 앉아서

'밭에는 꽃들이 모여 살고요.' 초등학교 저학년 시절 부르던 노래가 생각이 난다. 특히 비가 오는 초여름에는 더욱 그 노래가 생각이 났었다. 꽃밭에는 백일홍, 채송화, 봉선화 등 정겹게 느껴졌던 이름들 가득하다. 지금은 헐어 없어진 고향의 초가집 앞마당이 그립다. 정겨운 마당 한 귀퉁이의 꽃밭이 그립다. 아니 꽃밭을 가꾸던 할머니의 손길을 보고 싶은 것이다.

오늘도 꽃밭에 풀을 뽑아주며 꽃을 가꾸었다. 그 옛날 정겹게만 느껴졌던 꽃들은 다 어디 가고 이름도 외우기 힘든 외래종으로 채워지고 있다. 그런데 내가 심은 것이 아닌 백일홍이 한 포기가 심어져 있는 것이 아닌가. 누가 심었지 하고 둘러보았다. 우리 집 꽃밭은 옆집 꽃밭과 붙어 있다. 그런데 그 꽃밭에는 백일홍이 몇 포기가 심어져 있지 않은가. 앙증스럽게 토종 꽃들이 옹기종기 가꾸어진 모습이 귀엽게 눈에 들어왔다. 그랬구나. 옆집 주인이 옛날을 뒤돌아보라는 마음에서 우리 꽃밭에 백일홍 한 포기를 보시하였나 보다. 새로 이사 온 옆집 사람을 얼굴도 보지 못했다. 언젠가 기회가 되면 고맙다는 인사를 드려야지 생각하고 있다.

아내는 특히 꽃들을 좋아한다. 우리 집 꽃밭은 뒤편에 있다. 집을 드나들면서 자연스럽게 꽃을 볼 수가 없어서 아내는 서운해한다. 정작 주인은 꽃을 보지 못하고 지나다니는 다른 사람들에게만 꽃구경을 시켜준다고 한다. 우리는 심어 가꾸는 재미로 삼고 여러 사람이 즐기면 이 또한 아름다움을 선사하는 보시가 아닐까? 외출하고 들어올 때마다 꽃밭을 둘러보고 오는 것도 괜찮다. 꽃들은 주인이 매일 일부러 찾아주니 고마워할 것이 아닌가? 구조상 앞쪽에는 꽃밭을 만들 수가 없었기에 설계부터 그렇게 한 것 같다. 그래서 뒷집 꽃밭과 붙어 있다. 그 옛날 할머니의 손길처럼 아내도 자주 꽃밭을 가꾼다.

여유와 기회가 된다면 아내를 위해 뜰이 넓은 도시 외곽으로 이사를 하고 싶어진다. 노후에 여유로운 생활을 즐기고 싶은 마음이 고개를 든다. 대리 만족으로 남해에 있는 원예 예술촌을 찾아갔다. 나라별로 전통을 살려 정원을 잘 가꾸어 놓았다. 그 옛날 내가 살던 시골 마을이 아닌 부자 동네 모습이어서 아쉽긴 했지만 이런 곳에서 살고 싶은 마음은 들었다. 집은 콘도로 이용하고 있다. 마음을 편히 쉬고 싶은 사람들이 찾아와 쉬고 가는 곳이다. 오늘은 여수에 숙박을 정해 놓았으니 할 수 없고 '다시 찾아올 때는 하루 자고 가는 계획을 세워야지' 아내에게 귓속말로 전했다.

꼬불꼬불 길 따라가니 점점 마을 꼭대기까지 올라가게 되어있다.

마을 정상에서 바다가 보이는 정겨운 마을이 눈에 들어온다. 저런 비탈진 산 중턱에 아담한 집을 지어 살면 행복할 것 같다. 남향으로는 바다가 내려다보이고, 시원한 바람이 불어오고 푸르른 산천으로 둘러싸여 있어 그림 같은 집이 될 것 같다. 가슴을 활짝 펴고 심호흡을 해본다. 내 눈에 보이는 정경을 모두 내 것으로 담아가자. 어느 누구도 막지 못할 것이다.

오늘도 귀갓길에 뒤편 꽃밭으로 가 풀을 몇 개 뽑아주고 물을 뿌려준다. 아름다운 정원을 꿈꾸며. '꽃밭에 앉아서 꽃잎을 보면, 고운 빛은 어디에서 났을까 아름다운 꽃이여, 이렇게 좋은 날에 그 님이 오신다면 얼마나 좋을까 -아' 정훈희의 '꽃밭에서' 노래를 부르는 아내를 물끄러미 쳐다본다.

# 남촌서 불어오는 바람

어느 날 아침이었다. 식사를 하고 있었다. 텔레비전에서 어릴 적 들던 노래가 흘러나왔다. '산 너머 남촌에는 누가 살 길~' 가수의 목소리가 생생하게 기억이 되살아났다. 얼른 고개를 돌려 화면의 여자 가수의 모습을 보았다. 가수는 아름답게 치장을 하고 옷은 하얀색으로 깨끗이 차려입었다. 얼른 보기에 50대 중·초반으로 보였다. 게스트로 초청이 되어 대담 프로에 참석한 것이다. 그 여자 가수는 정말 행복해 보였다.

내 어릴 적 생각이 뇌리를 스쳤다. 아마도 초등학교 입학 전이었던 것으로 생각된다. '산 너머 남촌에는'이란 노래가 꾀꼬리 같은 목소리로 라디오 주파수를 타고 흘러나올 때마다 그리움에 사무쳤었다. 내가 사는 동네 밖을 나아가 보지 않았던 나는 남촌이 그리웠던 것이다. 과연 남촌에는 누가 살고 있을까? 궁금증이 하늘을 찔렀었다. 내가 사는 동네 뒤로는 야산이 멀리는 높은 산으로 둘려져 있다. 동네 앞으로는 넓은 들과 끝부분에 미호천이 가로질러 흐르고 있다. 그리고 강 너머는 또 다른 야산과 높은 산들이 멀리 보인다. 사방이 모두 산으로 둘려져 있는 전형적이며 조용한 시골 마을이었다.

그 노래가 흘러나올 때, 남쪽에 있는 산을 바라보면 항상 그 동네는 어떻게 생겼을까? 동네는 얼마나 아름다울까? 어떤 사람들이 살고 있을까? 가보지 못한 나는 항상 모든 것들이 궁금했었다. 언제나 그곳을 가볼 기회가 있을까? 언젠가 찾아가 볼 기회가 있을 거라고 늘 생각을 했었다. 그곳으로 가서 살면 잘 입고, 잘 먹고 살 것만 같았다. 아마도 지금 여기서 살고 있었던 나는 행복하다는 생각을 하지 않았던 것 같았다. 아무것도 모르는 어린 나이인데 더 행복한 삶을 원했던 것이 아니었을까. 누구든지 자신의 삶을 그리 만족해하며 살지는 않는 것 같다. 더 좋은 환경에서 풍족한 삶을 원하고 있다.

나이가 들어 초등학교를 들어가고부터, 소풍이라는 행사로 인하여 차츰 동네를 벗어나 이웃 마을로 또 다른 지역으로 가볼 기회가 주어졌다. 어디든 가 보면 내가 살고 있는 동네와 비슷했다. 그 시대는 오륙십 년대를 이어가던 때이었다. 칠팔십 프로가 농사에 매달려 먹고 살기 바빴던 때였다. 그러니 동네 모습은 다르지만 가는 곳마다 상황은 비슷비슷했다. 사람들의 마음씨도 거기서 거기였다. 순박했던 그대로였다. 아마도 나는 손에 잡히지도, 상상하기도 어려운 그 무언가를 갖고자 하는 꿈같은 마음을 지니고 있었다.

누구나 더 좋은 세상에서 더 좋은 삶을 갈망하고 있다. 그 갈망이 인간이 사는 세상을 조금씩 발전시켜 지금과 같이 눈부신 현대 문명 속에서 풍족한 삶을 영위하게 된 것이다. 어릴 적 모자라던 쌀이 이제는 남아돌아 처리가 곤란할 정도로 먹고살기에 풍족해졌다. 몸에 걸치는 옷은 떨어지기 전에 유행을 타는 기능성 옷으로 갈아입는다. 입맛이 조금만 떨어지면 어디든 맛있는 음식이 있다면 찾아가 배를 채운다. 교통수단과 교통인프라는 얼마나 잘되어 있는가. 순식간에 몇십 리 밖으로 달려간다. 몇천 리 외국으로 날아가 버린다. 아침은 한국에서 점심은 동경에서 저녁은 미국에서 먹는다. 얼마나 더 풍족한 세상을 꿈꾸는 것일까?

문명의 발전은 편리함과 물질의 풍족함은 가져다주었다. 정신적 풍요는 오히려 핍박해진 것이 아닌가 싶다. 이제는 풍족한 물질을 바라기보다는 정신적 풍요를 바란다. 건강하게, 하고 싶은 일을 하면서 즐겁게 살고 싶다. 신선하고 맑은 공기로 숨 쉬고 싶다. 꽃피는 삼월이면 진달래 향기가, 오월이면 보리 냄새가 남으로부터 불어오는 세상을 찾고 있다. 이제 사람들은 영국이 낳은 작가 모어가 그린 '유토피아(Utopia)'를 찾고자 하는 것이다. 과연 그런 세상은 있는 것인가? 나 스스로 찾아야 한다.

내가 만들어 갈 것이다. 그대와 함께 만들어 갈 것이다.

남촌서 남풍 불 때 나는 좋테나.

# 사금파리

사람들 두뇌의 한계가 어디가 끝인지 알 수 없이 새로운 신제품들이 하루가 다르게 시장에 나온다. 생활의 편리함이나 새롭게 디자인된 생필품들을 선호하는 사람들이 늘어나면서 헌 물건이 버려지는 것들도 너무나 많다. 가정에서 쓰는 그릇도 옹기, 동, 유리, 양은, 플라스틱, 신소재로 변화를 거듭하다가 이제는 건강에 좋다는 질그릇이 사람들의 관심을 갖게 되면서 옹기 제품이 많이 나오고 있다. 그러다 보니 그릇을 잘못 다루다 깨어지면 사금파리라는 이름을 달고 가차 없이 버려지고 있다.

어제는 집안에 두고 볼 분재를 구입하러 분재원을 둘러보았다. 둥근 분, 네모진 쟁반, 기왓장 등 분재 목과 짝을 맺기를 기다리는 예쁜 분들이 각양각색이었다. 분재란 나무의 소재도 정상적으로 자라나는 반듯한 것이 아니라 비틀어지고 구부러지고 이상하게 자란 것들로 쓰고 있다. 그런 것들이 없다면 잘 자라는 나무를 일부러 구부리고 잘라내고 다듬어 생명 부지가 어려운 척박한 땅이나 바위틈에서 자란 것처럼 만들어 역경을 견디며 살아온 것처럼 만든다.

그것을 바라보는 사람들은 도대체 어떻게 생명을 부지하며 저렇게 오래 살아왔을까 놀라지 않을 수 없다. 그들이 생명을 부지하며 붙어사는 장소 또한 좁고 이상하게 생긴 분속이 아닌가. 나무의 생긴 모양에 따라 그에 맞는 분을 선택하는 것 또한 놀랍다. 과연 나는 저런 곳에 생명을 부지하며 살아가도록 분재를 만들고 관리를 할 수 있을까? 신념이 강한 사람은 어지러운 세상에 쉽게 흔들리지 않고 역경을 견디어 나가는 것처럼 존경스럽기도 하다. 우리는 모지락스럽게 살아온 나무에 또 한 번 감탄하지 않을 수 없다.

그런 중에서 관심을 끌게 한 것이 질그릇이 깨어진 사금파리를 이용한 분재이었다. 아무리 보아도 다른 곳에 있었다면 그냥 버려져 다시 흙으로 돌아갈 신세가 아닌가? 어렸을 적에 어머니께서 단지가 금이 가 물이 새면 내다 버리라고 하셨다. 나는 그 단지를 번쩍 들어 어깨에 메고 동네 쓰레기장으로 나가 힘껏 내동댕이치면 가차 없이 쨍그랑하고 산산조각이 나고 만다. 그곳은 각 가정에서 나온 못 쓰는 옹기그릇이 깨어져 버려진 장소다. 동네 꼬마들은 이곳에서 작은 사금파리를 주어 마당에서 '땅따먹기 놀이'를 한다. '가이생 놀이'를 하기 위해 금을 그을 때도 주어온 사금파리를 이용했었다.

버려진 물건들을 새롭게 탄생시켜 생활에 이용하는 이들도 있다. 손재주가 좋은 사람들이다. 아무 데도 쓸모가 없다고 버려진 것을 우리 생활 주변에 필요한 물건으로 새롭게 탄생을 시킨 분재원 주인이 자랑스럽다.

우리네 인생도 혈기가 왕성할 때는 쓸모가 있어 마음껏 부려먹다가 힘이 다 빠져 쓸모가 없으면 직장에서 퇴출을 시킨다. 요즈음은 그런 퇴출을 당한 사람들이 많다. 살기가 좋아지면서 생애 기간도 길어져 노인층이 늘어나 사회적으로 많은 걱정거리도 늘어나고 있다. 나 또한 그러한 무리 중의 한 사람이 아닌가? 쓸모없는 인간이란 말을 듣기 싫은 것은 나뿐만은 아니다. 모든 퇴출당한 사람들이 똑같은 생각일 것이다.

　요즈음은 어디를 가나 평생학습 프로그램이 많다. 이곳을 찾아 참여하는 사람들의 모습은 너무나 활기차고 행복한 모습들이다. 때로는 남을 돕는 봉사를 하는 분들도 많다. 어느 누가 이 사람들을 쓸모없는 인간이라 말할 것인가. 노인들은 어디를 오가나 젊은이들에게 거치적거리는 무거운 짐이라고 말할 수 있는가? 사회에서 퇴출을 당한 사람들도 새롭게 탄생한 사금파리 분재처럼 화려하지는 않지만, 쓸모 있는 인간으로 탈바꿈하는 모습이 아름답다. 분재원을 찾은 계기로 행복한 노후를 책임져주는 사람은 남이 아닌 바로 나 자신에 있다는 사실을 상기하는 기회가 되었다.

# 나의 틀을 깨자

산야는 요즘 틀을 깨는 소리가 귓전을 울린다. 진달래꽃이 흐드러지게 능선을 물들이면 새들도 짝을 찾아 인연을 맺고 둥지를 튼다. 종족 보존을 위함인지 애욕의 산물인지 알을 낳아 품는다. 알에서 부화를 하기 위해서는 인고의 고통을 참고 껍질을 깨야만 한다. 드디어 세상 밖으로 나와 지저귀며 즐겁고 행복한 노래를 부른다.

나라는 존재는 평생을 교육자라는 틀 안에 갇혀 살아왔다. 교육의 현장에서 떠난 지금 나 자신의 변화를 위한 틀깨기를 하고 있다. 그 틀이란 너무도 단단한지라 쉽게 깨어지지 않는다. 그동안 나만의 틀을 단단하게 짜 놓았기에 그렇다. 그 틀이란 보는 방향에 따라 다르게도 보인다. 내가 만든 틀은 남의 눈에는 잘 보이는 것 같다. 그 틀의 모양을 내가 직접 보기가 어렵다. 둥근 모양인지 네모난 모양인지조차도 구분을 할 수 없다. 그러니 나 스스로 틀을 깬다는 것이 쉽지가 않다. 예쁜 병아리가 알에서 '모계부화母鷄孵化'되어 세상 밖으로 나와 나름의 역할을 하듯이 누군가의 두드림이 있어야 틀을 조금씩 조금씩 깨어 다른 사람들에게 무언가 느끼게끔 하는 글을 쓸 수 있을 것이다. 맹목적인 '부화수행附和隨行'이 아닌 내가 가고자 하는 방향의 키를 잡고는 있어야 하지 않을까? 그래야만 나만의 색깔을 지닌 아름다운 소리를 내는 기회가 올 것이다.

그림을 그리는 사람들도 제각각 화풍이 있듯이 글을 쓰는 사람들도 서풍이 있다. 다양한 지식은 누구나 다 같이 쌓을 수는 있다. 그 지식을 글로 표현하는 기법은 가슴속에 품고 있는 개인 사상을 기반으로 해서 쓰이지 않는가? 자연을 소재로 만물이 소생하고 사라지는 현상을 깊이 사고하여 글로 표현을 하기도 한다. 또 어떤 사람은 역사적인 산물을 대상으로 선인들의 사상과 철학을 고찰하기도 한다. 또 다른 이는 현재의 문명 발전에 감탄하는 글을 쓰기도 한다.

나는 지나간 생애를 돌아보며 기억 속에 오래 남아 있는 사건들을 배경으로 사고를 한다. 그리고는 앞으로 남은 생을 어떻게 살아갈 것인가를 생각을 한다. 또한 현 잘못된 세태에 대하여 파헤쳐 바른길로 가도록 지적하는 글도 쓰고 싶다. 쉽지 않은 일이다. 먼저 나 자신 하늘을 우러러 한 점 부끄러움이 없어야 떳떳한 말이나 글로 표현을 할 수 있다. 살아가면서 나도 모르는 사이에 잘못을 남기고 있지는 않은지 걱정된다. 어찌 되었건 글이란 세상 밖으로 나오면 누군가에 읽혀지고 '재미있다', '그래 맞아 바로 이거야', '어 이런 면도 있었네', '이런 저 혼자 잘났네' 등 또 다른 세계를 들여다볼 기회를 제공하는 방법이기도 할 것이다.

어찌 되었건 글이란 남에게 유익하고 긍정적인 생각을 하도록 함이 좋을 것 같다. 나만의 특색이 있지만, 틀에 크게 벗어나지 않고 독백이 아닌 남들이 읽기 편하고 큰 부담을 주지 않는 것이 좋겠다. 글을 쓰기 위해 생각하는 시간을 갖는 그 자체가 살아있음의 확인하는 것이니 좋다. 두뇌가 잠자지 않고 활발히 움직여 치매 예방에도 큰 도움이 될 테니 말이다.

남들이 두드려 주는 힘을 받아 나 자신의 굳건한 틀을 바꾸어 보자. 변화를 거듭해 나의 특색이 드러난 긍정적 사고를 일깨우는 글을 쓰고자 노력을 기울이자고 오늘도 새벽을 연다.

# 아름다운 소리

봄이 오면 나무들 가지마다 물이 올라 연초록 잎이 곱다. 가냘픈
모습으로 돋아난 어린잎은 아기가 손가락 움직이듯 바람에 팔랑인
다. 어릴 적 이맘때가 되면 산과 들은 꽃과 나무들이 노래를 부른다.
나는 나비가 되어 자연과 함께 호흡하며 이리저리 날아다녔었다.

무심천 둑을 따라 걷다가 냇가에 자란 갯버들 가지를 꺾어 '호드
기'를 불던 생각이 난다. 호드기를 만들어 입에 물고 소리 나게 하
는 부분은 겉껍질을 살짝 벗겨내어 하얀 속살만 남겨 바람을 불어
내면 소리가 났다. 삑삑거리기도 하고 뿍뿍거리고도 하였다. 어린
친구들과 함께 각자 만든 '호드기'로 소리 잘 내기 시합이라도 하는
양 저마다의 특징이 있는 소리를 자랑하며 골목길을 돌아다니면서
삑삑거렸었다. 입술에 주는 힘의 강약에 따라 소리가 잘 나기도 하
고 소리가 뚝 끊기기도 한다. 처음에는 입술에 잔뜩 힘을 주다 보니
소리가 나지를 않아 화도 많이 났었다. 끈기를 가지고 도전을 거듭
하며 부는 힘의 조절로 부드러운 소리가 나오게 하는 기술을 터득
해 갔다.

음색은 소리가 나오는 끝부분을 양 손바닥으로 감싸 쥐고 쥐락펴락하면 소리가 변하기도 하였다. 가냘픈 버드나무 껍질에서 청량한 소리가 이렇게 나오다니 신기하기도 하였다. 가느다란 줄기로 만든 '호드기' 소리는 높고 가냘프다. 굵은 가지로 만든 '호드기'는 음이 낮고 무게감을 준다. 실패를 거울삼아 수 없이 반복 연습하였다. 음정을 살려 가며 나의 살던 고향은 꽃피는 산골… 버들피리를 불곤했었다.

그동안 시간적으로 여유 없는 생활 속에서 잊고 살았던 어릴 적 추억이 떠올랐다. 특별한 취미 없이 살아온 내 삶은 무미건조하기만 했다. 타고난 음치 때문에 음률의 소리를 잊고 살았는데 노후를 즐겁게 살아가기 위해 퇴임 직전 '호드기' 소리의 추억이 색소폰을 구입하도록 했다. 기초 책을 보면서 소리내기, 운지법, 악보 읽기 등 기초 훈련에 돌입하였다. 더듬거리는 솜씨로 도레미파 소리도 제대로 나오질 않는다. 한참을 하다 보면 입술도 아프고 손가락에 쥐가 나는 것 같기도 하였다. 옆에서 듣는 사람은 그저 시끄럽게 빽빽거리기만 한다고 표현도 했었다. 두서너 달 지날 무렵에서야 이제 도레미파가 들리는 것 같다고 직장 동료는 표현을 하였다. 이럴 때는 나도 할 수 있겠구나! 희망을 가지게 되었다.

퇴직 후 평생교육 학교에 등록하고 기초부터 배우기 시작을 했다. 배울 것이 한둘이 아니다. 운지법, 입술을 무는 법, 혀의 움직임, 악보의 음대로 소리내기 등 정신이 없다. 이해하고 수없이 반복 연습을 하여야만 겨우 흉내를 내기도 바쁘다. 부는 힘 조절을 잘못하면 '삑'하고 삑사리 내기가 일쑤다. 그러면 괜스레 쑥스러워 몸을 숨기고 싶어진다. 운지를 잘못하여 엉뚱한 소리가 날 때는 엉터리 독불장군이 된다.

어느덧 연주기법을 배우기 시작한 지 5년에 접어들었다. 남들은 중급 정도는 되었다고 하나 내 생각은 아직도 초보 수준을 벗어나지 못하고 있는 것 같다. 버들피리는 입으로 불고 손바닥으로 음을 조절하는 데 비해 이 악기는 음마다 소리를 내는 구멍이 이십여 개가 뚫어져 있다. 크고 작은 구멍들을 열었다 닫았다 하면 음의 높낮이를 맞출 수 있다. 기본적으로 낮은음부터 높은음까지 33가지의 소리를 낼 수 있고 연주자의 능력에 따라 기술적으로 최저 음과 최고 음 한두 개의 음을 더 낼 수도 있다고 한다.

아직도 난 만들어 준 음도 제대로 낼 수가 없다. 매일 밤 반복 연습에 몰입하고 있다. 같은 음이라도 입의 모양이나 혀의 동작으로 멋들어지게 소리를 낼 수도 있단다. 이런 복잡한 악기를 처음 개발한 사람은 어떻게 하여 만들게 되었을까. 혹시 그 사람도 '호드기'를 불어봤을까? 궁금하기 짝이 없다.


음악적 소질도 있어 여러 가지의 음을 하나하나 만들어 가면서 악기의 형태도 잡혀갔겠지. 짐작은 되지만 손가락으로 운지를 하며 정밀하게 다듬고 위치를 맞추기 위하여 수정하고 또 수정하였을 것이다. 세상에 없던 새로운 악기를 만들겠다는 집념을 가히 칭송할 만하다. 한 사람의 집념으로 만들어진 악기의 이름은 본인의 이름을 붙였다고 한다. 그의 이름은 '아놀드 삭스'이다. 색소폰이라는 악기가 세상에 태어나 많은 사람들로부터 사랑을 받고 있다. 나는 과연 무엇에 열중하고 살아왔나 뒤돌아보는 계기가 되었다.

연주기법을 배워가며 역시 쉬운 건 하나도 없다는 생각이 들었다. 마음먹은 대로 되지를 않거나 소리가 제대로 나지 않으면 포기하고 싶을 때도 종종 있었다. 무엇이든지 쉽게 이루어지는 것은 없다. 더 노력하자 다짐을 한다. 연주자 본인은 연주하는 즐거움을 찾고, 멋지게 불어대는 소리를 듣고 몸을 덩실덩실 춤을 추며 즐거워하는 관중의 모습을 상상해 본다. 매일 서너 시간씩 연습에 매달려 왔다.

연주기법을 지도받으면 그것을 익히기 위해서 천만번 이상을 불어야 터득이 된다고 한다. 음은 높낮이도 있고 길고 짧음도 있다. 오선지에는 이런 것들이 기호화되어 표시가 되어있다. 오선지가 눈앞에서 춤을 춘다. 이것들이 혼란에 빠뜨려 정신이 몽롱할 때도 있다. 기호를 보지 못하거나 이해하지 못하면 엉뚱한 방향으로 틀어진다.

여리게 불어라. 세게 불어라. 경쾌하게 불어라. 슬프게 불어라 등, 기법은 수없이 많다. 눈의 피로도가 극에 달할 때는 오선이 흔들린다. 포기하고 싶은 생각도 들었었다. 이럴 때는 연주를 잘하는 사람과 대화를 하여, 재기에 힘을 북돋아 주었다. 연습에 매달리면 다른 잡념을 할 수가 없다. 동호인들이 한 공간에서 서로 다른 노래를 연주해도 그 소리는 귀에 들어오지 않고 내가 연주하는 소리만 들린다. 이것이 집중인가 보다.

오늘도 여지없이 밤늦은 시간까지 연습에 매달렸다. 몸의 컨디션에 따라 연습이 잘되기도 하고 그렇지 못하고 자꾸만 틀리고 힘이 들 때도 있다. 하나둘 집으로 돌아가고 혼자 남아 연습을 하다 보면 비가 오는 날은 쓸쓸한 감정에 젖어 든다. 비 오는 한밤중의 슬픈 곡조의 멜로디가 괜히 슬프게 한다. 그렇다고 빠르고 경쾌한 곡조를 연주하면 더욱 분위기에 어그러지는 기분이다. 창문을 흔드는 비, 바람 소리에 신경이 곤두서고 온몸에 힘이 빠지는 것 같다.

합주든 독주든 멋들어진 완주를 할 수 있는 날을 손꼽아 기다리며 오늘도 연습은 쉼이 없다. 무언가 목표를 두고 도전하는 삶이 즐거움이 아닐까. 아름다운 소리를 내기 위한 끝없는 도전에 내 삶을 맡길 뿐이다.

# 제2부

# 자연 속에서

옳고 그름을 알고 지혜롭게 살아가는
행동을 몸소 실천하는 사람이 되고 싶다.
행운을 쫓아가지 말고 행복을 추구하는 삶
이것이 진정 사람으로서의 바람직함이 아닐까?

# 담쟁이

어느 여름날 더위를 식힐 겸 해서 푸른 숲을 찾았다. 푸른 숲속에서 삼림욕을 하며 양팔을 좌우로 쭉 뻗어 흔들며 주변의 경관도 관망하였다. 순간 저 건너편 푸른 숲속에서 벌겋게 말라죽은 소나무가 보였다. 의아하게 생각이 들어 가까이 다가가서 보니 담쟁이가 감고 올라간 소나무였다. 안쓰러웠다. 소나무에서 피톤치드가 많이 나온다는데 하는 아쉬운 생각이 들었다.

담쟁이 하면 도심의 담장이나 벽을 여름철이면 푸르게 뒤덮은 모습을 쉽게 떠올릴 수 있다. 가을철에는 단풍이 들어가면서 잎이 하나둘 떨어져 나가 황량한 모습을 보이기도 한다. 담쟁이는 또한 미국의 극작가 오 헨리의 「마지막 잎새」를 떠올리게 한다. 베어먼의 희생정신으로 존시를 살려낸 작품이다. 입원실에 누워있는 환자들 눈에 들어온 담쟁이의 모습에 따라 심리 상태가 달라진단다. 의학적 연구 결과에 의하면 창밖의 녹음이 짙은 담쟁이를 보면 희망이 솟구쳐 병세가 호전되어 입원일 수가 줄어든다고 한다.

무언가 타고 올라가는 습성을 가진 담쟁이는 포도과에 속하는 덩굴성 갈잎나무이다. 가지는 길쭉하고 잎은 마주나며 덩굴손의 빨판을 이용하여 바위나 나무 등을 기어 올라간다. 잎은 3-5갈래로 얕게 갈라져 손바닥 모양을 하고 있다, 꽃은 엷은 녹색으로, 초여름에 취산꽃차례聚散花序를 이루면서 잎겨드랑이에 달린다.

열매는 액과로 가을에 자주색을 띠면서 익는다. 담쟁이에 얽힌 이야기들이 전해 내려오고 있다. 전쟁터에 나가 돌아오지 않는 약혼자 청년을 기다리다 지친 오스톤은 자기가 죽으면 담장 밑에 묻어 달라고 유언을 남기고 죽는다. 그녀가 묻힌 곳에서는 약혼자를 찾으려는 듯 담을 타고 자꾸만 높이 올라가는 덩굴이 있었으니 오스톤의 영혼이 깃든 덩굴 식물이다. 우리말로 담쟁이의 속명은 파르테노시수스Parthenocissus 처녀덩굴이라는 뜻이다. 그래서일까 꽃말은 영원한 사랑이다. 추한 모습을 감싸주는 역할을 하는 담쟁이는 땅의 비단이라는 별칭도 있다. 마을을 고즈넉하게 보이기 위하여 담쟁이를 심어 골목의 벽이나 담장을 감싸게 하여 벽면녹화를 한다. 여름철에는 활기찬 희망을 갖게 하고 또한 주변을 시원하게 하여 에너지 절약 효과도 있다.

겨울철에는 쓸쓸함을 깊게 맛보게 한다. 담쟁이 잎이 울창했던 긴 골목에 겨울이 오고 잎이 다 떨어진 골목을 옷깃을 세우고 목을 잔뜩 웅크리고 걷는 중년의 모습은 쓸쓸해 보이는 영화의 한 장면이 회상된다. 계절과 장소에 따라 우리에게 주는 시사가 다르다.

어느 시인은 담쟁이를 보고 절망에서 희망을 '담쟁이 잎 하나는 담쟁이 잎 수천 개를 이끌고 결국 그 벽을 타고 넘는다'로 끝을 맺었는데, 한편으로는 탈출의 뜻을 지닌 듯하다. 자기 스스로 하늘을 향하여 자라지 못하고 남의 등을 빌려 타고 올라간다. 그리고는 등을 빌려준 상대를 결국에는 고사시킨다. 어찌 자기에게 햇볕을 쬐게 하고 높고 푸른 하늘을 보게 등을 내어준 나무를 고사 시킨단 말인가? 은혜를 저버린 배은망덕背恩忘德 하다는 생각이 든다. 한방에서는 소나무를 타고 올라간 담쟁이는 '송담'이라고 부르는데 사람에게 약용으로 쓰인다. 아마도 소나무가 지니고 있는 사람에 좋은 성분을 빨아들여 자랐기 때문에 송담은 사람에 좋은 약재로 쓰이나 보다. 황량한 돌이나 시멘트벽을 타고 올라가 주변 환경을 아름답게 꾸밈을 만들어 준 담쟁이는 독성을 지니고 있단다. 이렇듯이 담쟁이는 양면성을 지니고 있다. 어디서 싹을 틔웠느냐에 따라 담쟁이의 역할이 이렇듯 상반되게 변한다.

　사람도 마찬가지가 아닐까? 어디서 태어나서 어떤 환경에서 자랐는가가 매우 중요하다. 인간의 됨됨이를 몸소 체득하게 하는 가정교육의 소중함을 다시 한번 생각하게 한다. 세 살 버릇 여든까지 간다는 옛말이 그르지 않다. 어릴 적 가정교육이 매우 중요하다. 아기들은 좋은 역할을 하는 사람이 되는 자리에서 태어나 자랐으면 하는 바람이다. 물질적 풍요보다는 건강한 정신을 가지고 남을 배려하고 이해하는 인仁, 의義, 예禮, 지知, 신信을 갖추어 수기안인修己安人 하는 사람이 그립다. 공자가 살던 예전이나 문명이 빛나는 지금이나 인성에 대하여 끊임없이 논하고 있다. 왜 그럴까? 온전한 인간은 없는 걸까? 송담이 사람에 유익하게 이용되듯이 나 자신도 주변 사람들에 봉사자가 되어 밝은 사회의 초석이 되고자 한다.

# 네 잎 클로버

햇볕이 따가운 초여름 방안을 벗어나 야외로 나가는 계절이다. 어디론가 공기 좋고 시원한 바람이 불어오는 산야로 이끌려 나갔다. 클로버 잎이 무성하게 자라고 있는 들판에 다가갔다. 나도 모르게 행운이라는 단어를 떠올리면서 성큼성큼 클로버밭을 밟고 들어가 이리저리 돌아다니며 클로버 잎을 손으로 저으며 행운을 찾기 시작했다.

클로버는 한 대에 잎이 세 개씩 달린 것이 정상적으로 자란 잎이다. 그렇다면 잎이 네 개가 달린 것은 비정상적으로 자란 것이다. 어떠한 생물학적으로 설명이 어려운 변이 상태로 자란 것이다. 우리는 이것을 행운의 네 잎 클로버라고 한다. 왜 비정상적으로 자란 잎을 행운이라는 이름을 붙여주었나? 개체 수가 적어서 그랬을까? 그 잎을 찾으면 행운이 찾아온다는 속설이 있어 청춘 남녀들이 사랑을 속삭이며 그 잎을 찾는 모습은 영화를 통하여 보아왔고 실제로도 그런 모습을 주변에서 보아왔다. 지금 나 또한 그런 행동을 하고 있다. 아내에게 사랑하는 마음과 함께 전하고 싶었던 것이다.

한참을 이리저리 헤매며 찾아보았지만, 행운의 잎은 찾지를 못하고 빈손으로 아내에게로 돌아왔다. 아내는 행운을 가져다줄 것을 기대하고 있지나 않았을까? 내심 서운한 표정이었다. '그것 봐 우리에게 무슨 행운이 온다고, 됐어! 이대로가 좋아' 한다. 미안한 마음을 가지며 옆에 앉았다. 내가 행운을 찾고자 돌아다닌 자욱이 선명하게 나 있는 것이 보였다. 야들야들 자란 클로버 잎들이 내 발에 밟혀 쓰러지고 망가지곤 하였다. 너무 보기가 흉했고 안쓰러웠다. 나 살려달라고 아우성치는 함성이 들리는 듯하였다.

그렇게 된 잎들에 미안한 마음도 들었다. 지나다니는 많은 사람들이 저 모습을 볼 텐데 욕은 하지 않을까 걱정도 되었다. 그리 많은 인생을 살아온 것은 아니지만 지내온 내 인생을 되돌아보게 되었다. 내가 행복한 삶을 살고자 주변 사람들에게 해를 끼치지 않았나? 잠시 생각에 잠겼다. 어릴 적 추억의 영사기를 돌리었다.

고등학교 시절이었다. 하루는 늦잠을 자는 바람에 허겁지겁 교문을 들어서려는데 교문은 잠겨 있고, 규율부 선배들이 등교 시간에 늦은 학생들을 기합을 주는 것이 눈에 띄었다. 재빨리 몸을 숨기고 담장을 따라 숨어 들어갈 곳을 찾아 뒤편을 향하였다. 됐다. 담장에 맞대어 얼기설기 나무로 기둥을 세우고 판자로 옆면과 지붕을 마무리한 뒷간을 지어놓은 것이 눈에 띈 것이다. 망설임도 없이 뛰어올라 뒷간 지붕을 힘껏 박차고 담장에 올라서는데 뒷간이 우지직 소리를 내면서 서서히 쓰러지는 것이었다. 순간 주인에게 들킬까 봐 뒤도 돌아보지 않고 학교 안으로 뛰어내려 삼십육계 도망쳐 교실로 허겁지겁 들어갔다.

내심 태연한 척 자리에 앉기는 했으나 주인이 쫓아오는 것 같아 마음은 편치 않았고 심장은 두근두근 초조 불안 좌불안석이었다. 잠시라도 마음을 놓을 수가 없었다. 죄짓고 사는 사람들의 심정을 알 것 같았다. 왜 이렇게 불안할까? 학교가 파하고 주인을 찾아가 잘못했노라고 이실직고를 할까? 어떻게 잘못을 용서해달라고 할까? 온종일 고민에 쌓여 공부도 제대로 되지를 않았다. 하지만 용기를 내지 못하고 지금껏 숨기고 살아왔다. 짓밟아 버린 클로버밭에 그때 무너진 뒷간이 어른거린다.

클로버 잎은 하트 모양을 하고 있다. 순간 사랑이라는 단어를 연상케 한다. 그래서 좋은 의미로 클로버 잎을 해석하고 우리의 삶의 지표로 삼고 의미를 부여하였나 보다. 하지만 행운은 우연의 산물이요 요행의 결과가 아니겠는가. 나폴레옹이 전쟁터에서 네 잎 클로버가 눈에 띄어 그것을 손에 쥐려고 허리를 굽히는 순간 적의 총탄이 날아왔지만, 생명을 보호해주었다고 행운의 잎이라고 했다는 이야기가 있다.

농촌의 삶의 질을 높이고 경제 향상을 위하여 농촌을 사랑하는 4-H 클럽이라는 단체를 만들고 그 단체를 나타내는 상징의 마크가 바로 네 잎 클로버였다. 여기에는 명석한 머리(Head, 智育), 충성스러운 마음(Heart, 德育), 부지런한 손(Hands, 勞育), 건강한 몸(Health, 體育)을 말하고 있다. 간단히 지, 덕, 노, 체로 사용하고 있다. 때로는 희망,

성실, 사랑, 행운을 나타낸다고도 한다.

　새로운 것은 아니지만 네 잎 클로버에 이런 의미를 부여하고 싶다. 줄기는 믿음(Belive, 信), 네 잎에는 맹자가 이야기한 4德 仁(惻隱之心), 義(羞惡之心), 禮(辭讓之心), 智(是非之心)의 정신을 한 잎 한 잎에 살포시 넣어주고자 한다. 다른 사람에 참다운 믿음을 주는 사람으로서 남이 어려움에 부닥쳤을 때 불쌍히 여기는 마음을 갖고 배려하고 사랑하는 행동, 잘못을 수치스러움으로 깨닫고 용서를 비는 행동, 나보다 못한 사람에게 양보하고 윗사람에게 예를 지키는 행동, 옳고 그름을 알고 지혜롭게 살아가는 행동을 몸소 실천하는 사람이 되고 싶다. 행운을 쫓아가지 말고 행복을 추구하는 삶 이것이 진정 사람으로서의 바람직함이 아닐까?

# 목욕하는 여인

오십 년 대 시골에는 누에를 길렀다. 누에는 넉잠을 자고 나면 번데기로 탈바꿈하기 위하여 자기 입에서 가느다란 실을 뽑아가며 자기 몸을 감출 고치를 만든다. 아낙들은 그 누에고치에서 실을 뽑아내는 일을 집에서 하였었다. 산업이 발달하면서 그 일은 제사공장이라는 곳에서 대신했다. 순박한 소년 소녀들이 자라고 있는 조용하던 시골 마을에 제사 공장이 들어섰다. 이 공장에서 일하는 사람은 거의 이십 대 전후의 다른 지역 아가씨들이었다.

우리 동네는 여유가 있는 방들은 모두 아가씨들이 거처하는 사글셋방이 되었다. 조용하던 시골 마을이 갑자기 화장품 냄새를 풍기는 아가씨들이 오가며 동네 어린 총각들의 마음을 설레게 하였다. 행동도 눈에 보이게 달라졌고 저마다 아가씨들에게 눈에 띄어지기를 바라며 힘자랑도 하였다.

무더운 여름밤이면 사람들은 더위를 식히느라 모두 목욕을 하였다. 남자들은 대개 마을 앞 봇도랑에서 아니면 냇가에 나가 목욕을 하였다. 아낙들은 동네 공동 우물가에서, 처녀들은 펌프가 있는 집

안 우물가에서, 제사 공장 아가씨들은 거의 펌프가 있는 우물가에서 목욕을 하였다.

숫총각인 나는 목욕이라는 단어에 민감하게 반응을 하였다. 머리에 스치는 것은 여인들의 나체이었고 그 모습을 보고 싶은 충동에 밤잠을 설치기도 하였다. 하루는 친구 셋이서 마을 길을 가는데 안마당 우물가에서 물을 뿌리는 소리가 들렸다. 마침 그 집은 공장 아가씨들이 자취를 하는 집이고 그 방도 길가에 붙어 있었다. 창호지를 바른 조그만 창문도 길가 쪽으로 나 있었다. 귀는 순식간에 물소리가 나는 방향으로 쫑긋 세우고 살금살금 창문에 매달렸다.

조용히 손가락에 침을 발라 문구멍을 만들었다. 한쪽 눈을 그 구멍에 들이댔다. 방바닥에는 아가씨들의 속옷가지가 널려있었고 30촉 알전등은 줄에 매달려 흔들거렸다. 순간 한 아가씨가 수건 한 장을 들고 알몸으로 문을 들어서는 게 아닌가. 황홀했다. 그동안 그렇게 궁금하게 여겨왔던 여인의 나체를 처음으로 목격하는 순간이 되었다. 심장 박동은 점점 빨라져 숨마저 가빠졌다. 친구 셋이서 서로 보려고 잡아 끌어내리고 올라가고를 반복하였다. 무언의 전쟁이 순간적으로 이루어졌다. 제일 먼저 눈에 들어오는 곳은 가슴이었다. 유난히도 뽀얗고 탱탱하여 터질 듯한 가슴이 나를 더욱 유혹하였다. 순간 입안에는 침이 듬뿍 고이더니 꿀꺽 목구멍으로 넘어갔다. 눈은 다시 아래로 행했다. 배꼽 아래 중심 부분이 새까맣게 숲을 이룬 곳이 보였다. 주변은 불룩하게 보일 뿐 더 이상 보이는 것은 없었다. 단지 중앙엔 아래로 향하면서 선이 하나 그어진 것처럼 보였다. 평소에 무척 궁금했던 부분이었다. 특별한 것이 보이지를 않아 조금은 실망을 했었다. 동작이 멈춘 것처럼 꼼짝하지 않고 열심히 보고 있는데 아가씨의 시선이 창문 쪽을 향하더니 눈이 마주치게 되었다. 순간 아가씨는 양손으로 가슴을 감싸고 천천히 무릎을 굽히며 허리를 구부려 방바닥으로 앉았다.

　몸을 훔쳐보고 있다는 것을 들켰다는 생각에 겁이 나서 얼른 창문에서 내려와 셋이서 줄행랑을 놓았다. 한참을 달리어 동구 밖으로 나간 우리는 깔깔대며 웃어댔다. 그러면서 개선장군처럼 아가씨의 몸 부위 여기저기를 대상으로 이야기꽃을 피웠다. 여신을 훔쳐보았다는 것이 자랑거리가 되었고 종종 이야깃거리가 되었었다. 철없던 어린 시절 추억이다. 칠순이 넘은 나이에도 아직도 남아 있어 부끄럽고 미안하다.

# 땅콩

    요즈음 땅콩 하면 떠오르는 일이 무엇인가? 아마도 대한민국 많은 사람들이 여행객을 실어 나르는 항공기 기내 사건을 생각할 것 같다. 그러나 나는 그 이야기를 하고 싶은 것이 아니고 정말로 우리가 심심풀이로 먹는 간식거리 식품인 땅콩을 이야기하고 싶은 것이다. 초등학교 학창시절이나 어릴 적 소풍을 가거나 기차 여행을 할라치면 으레 따라다닌 것이 심심풀이 땅콩이 아니었던가. 그리고 요즘도 굳이 배가 고프지 않더라도 입이 심심하면 TV를 보면서도 땅콩을 까먹지 않는가? 흔히 접할 수 있는 땅콩은 견과류가 아니면서 견과류에 끼어들어 사람들에게 사랑을 받는 식품 중 하나이다. 땅콩은 비타민 B1, B2가 많이 함유되어 피로 회복에 효과가 좋다고 한다. 땅콩은 맛도 고소하여 자꾸만 손이 가는 그래서 다 떨어져야 직성이 풀린다.

    땅콩을 맨 처음 재배한 곳은 3,500여 년 전 남아메리카였다. 인디언들이 코코아랑 땅콩을 같이 먹었던 것이 땅콩의 시작이 되었다고 한다. 전 세계 농부들이 한 해 거둬들이는 땅콩은 2,600~3,000만 톤 정도라고 한다. 이는 전 세계 모든 사람이 4.5킬로그램씩 나눠 먹을 수 있는 양이다. 전 세계에서 땅콩을 가장 많이 생산하는 나라는 중국과 인도 그리고 미국이라고 한다. 땅콩은 견과류가 아닌 콩과식물로 자라는 모양에 따라, 가지가 옆으로 길게 뻗는 포복형과 작은 덤불처럼 위로 자라는 직립형으로 나눈다. 땅콩은 종류도 다양한데 그중 가장 많이 재배하는 땅콩은 사우스이스트 땅콩이고 또 다른 종류는 버지니아 땅콩, 에스파냐 땅콩, 발렌시아 땅콩 등이 있다. 우리나라에서는 매년 35만 톤 정도의 땅콩을 생산하고 있는데 우리나라에서 가장 많이 재배하는 품종은 버지니아 땅콩이라고 한다.

오늘은 아내와 같이 텃밭에 나가서 감자, 토란, 땅콩을 심으러 갔다. 특히 땅콩은 인연이 깊다. 3년 전 옥상에 있는 화분에서 주인이 아닌 객이 하나 싹을 틔우는데 잡풀은 아닌 것 같고 지켜보면서 매일 관찰을 하였다. 어느 정도 잎이 컸을 때 아, 이거 땅콩이구나. 난데없는 땅콩 한 포기가 비좁은 틈에서 자라고 있다. 그래서 화초와 함께 잘 키워보자 생각하고 잘 크도록 물도 주고 가꾸어 주었다. 가을이 되어 땅콩을 캐야 하는데 난감하다. 비좁은 화분 속에서 자란 화초가 다치지 않고 땅콩을 캐야 하는데 말이다. 이리저리 궁리하다가 그래 화분을 엎어 버리자 했다. 이 기회에 땅콩도 캐고 객 덕분에 화분 갈이도 하여 화초가 잘 자라도록 거름도 주자, 이거 일거양득이 아닌가. 조심스럽게 화분을 거꾸로 들고 나무가 다치지 않도록 흙이 쏟아지도록 흔들어댄다. 나무의 뿌리가 엉켜 흙이 쉽게 나오지를 않는다. 아내를 불렀다. "여보 내가 화분을 거꾸로 들고 있을 테니 나무 목을 잡고 힘껏 잡아 당겨봐" 하였다. 우리 둘은 화분을 거꾸로 들고 흔들고 잡아당기기를 반복한 끝에 겨우 분과 나무를 분리할 수 있었다. 먼저 흙을 헤쳐 땅콩을 찾았다. 생각보다는 통통하게 잘 자란 30알 정도의 땅콩을 수확하였다. 이것을 먹어 없애기보다는 다음 해에 텃밭에다 심어보자고 물로 흙을 씻어내고 햇볕에 잘 말리어 보관을 하였다.

지난해에 보관했던 땅콩을 텃밭에 그 모두를 심었다. 땅콩은 몇 개는 상하여 싹을 틔우지 못했지만, 대부분은 싹을 틔워 줄기와 뿌리는 토양의 양분을 먹으며 잘 자라주었다. 땅콩은 줄기의 마디마다 꽃을 피우고 지면 새로운 뿌리 같은 것이 땅을 향하여 뻗어 내려오는데 이것이 땅속으로 파고들어 그 끝에서 땅콩이 열린다고 한다. 그래서 땅에 뿌리를 잘 내리도록 비닐을 제거해 주었다. 이제 땅콩의 알갱이가 땅속에서 어느 정도 자랐을까 궁금했다. 어떤 동물이 그랬는지 파먹은 흔적이 발견되었다. 주위 분들에게 이런 사실을 말하였더니 까치가 땅콩이 먹을 만큼 크면 용하게 알고 생존의 법칙에 따라 흙을 헤치고 땅콩을 파먹는다고 한다. 그리고 한 마리가 파먹고 동료 까치들에게 알리면 떼로 몰려와 다 파먹어 치운다며 빨리 까치가 접근하지 못하도록 망을 설치하라 한다. 그래서 부랴부랴 모기장을 사서 땅콩 줄기 전체를 덮어 버렸다. 그랬더니 더 이상 까치에게 도둑을 맞지 않고 가을에 통통한 땅콩을 양파 자루로 하나 정도의 양을 수확했다. 나는 순간 흐뭇했으며 경제라는 단어가 머리를 스치는 것을 느꼈다. 화분에서 수확한 땅콩을 먹어

없애버렸다면 이런 즐거움이나 생산의 참맛을 그리고 재산 증식 같은 희열을 맛보지 못했을 것이다. 마치 우리 부부는 재산을 늘려 나온 것 같아 무척 기분이 뿌듯하고 좋았다.

따가운 가을 햇볕을 받으며 일을 하고 나니 이마에 땀방울이 솟는다. 손등으로 닦으며 굽혔던 허리를 쭉 펴며 하늘을 본다. 농사꾼들은 얼마나 힘이 들까 생각을 하며 구름 한 점 없는 청명한 가을 하늘을 올려다본다. 주변의 텃새들도 날아와 나와 함께 휴식을 취하며 노래를 한다.

# 댕댕이 덩굴

　할머니 산소 주변에는 댕댕이 덩굴이 많이 자라고 있다. 봄에 산소에 가면 잡초들을 뽑아 제거하여 잔디만을 끼우기 위해 작업을 한다. 댕댕이 덩굴도 제거 대상이다. 뿌리가 깊게 박고 있어 잘 뽑히지 않고 이듬해에 또다시 싹이 올라온다. 오늘은 왠지 손길이 머뭇거린다. 할머니가 살아생전에 하시던 일이 생각이 난다. 가을이면 댕댕이 덩굴을 잘라와 생활 도구인 바구니를 만들던 모습이 떠올랐다. 깜박이는 등잔불 옆에서 바구니를 만들기 위하여 댕댕이 덩쿨을 돌려가며 얽어매던 모습이 아련히 할머니 모습이 보였다.

　손에든 호미가 갈 길을 잃어버렸다. 아니 아예 멈추어 버렸다. 생각이 바뀐 것이다. 지금 우리 집안에는 생활 도구인 바구니나 채반 등은 모두가 플라스틱 제품이 차지하고 있다. 자연 속에서 나고 자란 식물로 만들어진 것은 하나도 없다. 원유가 문명사회에서 쓰임새로 활용되면서 생활용품들이 모두 플라스틱 제품으로 탈바꿈하게 되었다. 그 잔재들이 환경을 파괴하는 주범이 되고 말았다. 연일 방송에서 대자연이 파괴되고 있는 모습들을 보았다. 바다가 고향인

어류들이 플라스틱 잔해가 몸속에 쌓여 죽어가는 상황을 지켜보는 마음은 슬프고 안타까웠다. 늘 걱정 속에서 지내왔다. 자연물로 만들어진 생활 도구는 망가져 버려도 자연으로 들어가 분해되어 환경을 오염을 시키지 않는다. 건강에도 좋고 환경오염도 시키지 않는 댕댕이 덩굴로 바구니를 만들어 사용하면 좋을 것 같다. 올해부터는 댕댕이를 살려서 가을에 채취하여 긴긴 겨울밤에 할머니처럼 나도 한 번 생활 도구인 바구니를 만들어 보자. 바구니를 만들기 위해서는 댕댕이 덩굴 채취 후 처리하는 방법을 알아야 한다. 바구니가 중간쯤 만들어졌을 때의 모습은 떠올라 기억을 더듬어 만들 수 있을 것 같다. 시작하는 첫 작업을 어떻게 하는지를 자세히 알아보아야 한다. 그리고 마지막 마무리 작업은 기억으로 더듬어 보면 많은 줄을 한꺼번에 묶는 것 같다. 어머니가 직접 바구니를 만드는 모습은 기억에는 없지만, 혹시 방법은 알고 있을 것 같아서 알아보기로 했다.

아흔 중반을 넘긴 어머니의 총명함도 퇴색이 되어 '그거 그냥 하면 되어'라고만 하신다. 직접 만들어 보시지 않았기에 잘 모르겠다는 표정이다. 어이하랴 세월이 그렇게 하였으니 팔 남매를 낳아 키우시느라 얼마나 고생을 하셨을까. 증손자가 열 명이 넘었으니 누가 누군지도 헷갈리신다. 자식 낳은 손자에게 결혼은 했느냐 하고 물으신다. 댕댕이 덩굴로 만든 채반이 세월을 이기지 못하고 여기저기 줄기가 끊어지어 담기어있던 물건이 새는 것처럼 어머니의 기력도 쇠퇴하는 것 같다. 집집마다 가을이면 담장 위에 나물을 삶아 말리려 채반에 담아 널어놓았던 시골 풍경이 기억 속에 아련히 떠오른다. 호박 고쟁이, 토란 줄기, 무말랭이 등 종류도 다양하였다. 따사로운 가을 햇볕 아래에서 긴긴 겨울의 반찬거리로 변신을 해갔다. 채반은 다양한 먹거리를 말리거나 삶은 겉보리도 담아 두었었다. 채반은 싸리나무로 씨줄을 만들고 댕댕이 덩굴은 날줄로 하여 엮어 나가면 될 것 같다. 싸리나무는 형태를 유지하도록 하는 기둥 노릇을 하고 댕댕이 덩굴은 벽을 막는 것으로 생각하면 될 것 같다.

가을이 어서 오기만 기다려지는 성급함이 발동한다. 재료를 준비하고 다듬어서 긴 겨울 동안 하나의 작품을 만들어 볼 작정이다. 한 번쯤 공예 전문가를 찾아가서 조언을 받아 볼 필요도 있다. 또한 인터넷 검색을 하면 제작에 관한 유용한 정보가 있을 것이다. 형태를 유지하는 틀을 만드는 방법, 중간 작업인 날줄 이어 나가는 방법, 마지막 단계인 가장자리를 마무리하는 법을 익혀야 한다.

조그만 목표이지만 실천을 하기 위하여 제작에 관한 기술을 꼼꼼히 익혀두는 것부터 시작인 것이다. 시내 어딘가 수공예를 하는 전문가의 가게가 있을 듯싶다. 찾아가 조언을 받아 보자. 작품 구상을 하고 만드는 과정에서 긴 시간의 손놀림은 치매 예방에도 좋을 듯싶다. 나 하나만의 일로 환경을 살리는데 효과는 미미하겠지만 많은 사람들이 함께한다면 화학제품은 줄어들고 친환경 제품이 늘어나 그 효과는 배가 될 것으로 믿어 의심치 않는다. 자연을 사랑하는 '나는 자연인이다'가 되고 싶다.

요즈음 한낱 잡초 취급을 받던 댕댕이가 예전처럼 인간에 유용한 생활용품을 만드는 데 이바지하는 유익한 식물로 대접을 받기를 기대한다.

# 민족의 산 백두산


한민족이라면 누구든지 신성시하는 한반도의 명산 백두산을 생각하지 않을 수 없을 것이다. 우리 민족의 탄생지처럼 생각을 해왔었다. 그곳에는 무언가 다른 산들과는 확연히 다른 모습을 볼 수 있을 것 같은 생각을 했었다. 평소에 마음속에 담아 두었던 백두산 여행을 다녀왔다.

여행 둘째 날 백두산 북파 관람이다. 산속으로 버스는 꼬불꼬불 산길을 따라 힘차게 내달리고 내 두 눈은 창밖의 경관을 살피고 사진을 찍느라 바빴다. 다양한 식물들의 잎의 색상은 맑은 공기나 깨끗한 물을 머금고 자라서인지 푸른색이 무척이나 싱싱해 보였다. 표고가 점점 높아지면서 나무는 세찬 바람에 힘겹게 견디어 온 모습 그대로 한 쪽 방향으로 기울어져 있다. 어느새 키 큰 나무는 없고 적게 자란 풀꽃들만 언덕을 차지하고 추위에 힘겹게 꽃을 피우고 찬바람에 떨고 있다. 간간이 잔설이 남아 있어 고산이라는 실감이 났다.

드디어 북파에 도착, 백두산 천지를 볼 수 있는 곳까지 단숨에 올라왔다. '와' 하는 탄성이 절로 나온다. 이곳이 그동안 보고 싶었던 백두산 천지이구나. 대한민국 만세를 외치고 싶었다. 버스에서 가이드의 주의 사항 중의 하나여서 그러지 못함이 답답하고 억울했다. 북한이 백두산 일부를 장백산이라고 부르는 곳을 중국에 내어준 탓이다. 한편으로는 중국과 관계 개선이 되어 여행을 올 수가 있어 내심 좋았으나 유불리가 교차하는 생각에 잠긴다.

천지연을 둘러싼 크고 작은 바위들이 송곳처럼 뾰족뾰족 둘러쳐 있어 신비함을 더한다. 멀리 보이는 맞은편 봉우리가 북한 땅이란다. 거리가 멀어서 사람의 모습은 보이지 않았다. 저곳은 갈 수도 없다. 생전에 서울에서 출발하여 평양을 거쳐 백두산까지 걸어서 올 날을 내심 기대를 한다.

천지의 물은 검푸른 색으로 잔잔하다. 괴물이 나타났었다는 이야기를 들은 적도 있는데 혹시 그 괴물이라도 나타나 헤엄치는 모습이라도 보이지 않을까? 시선은 아무것도 보이지 않는 천지연에 머문다.

시야를 돌려 백두산 아래 중국 쪽을 바라보니 말을 타고 달려와 백두산 정상에 올라 군대를 지휘하는 광개토대왕이 떠오른다. 북으로, 북으로 말을 달리며 부대를 지휘하여 국토를 넓혔을 것이다. 저곳이 고구려 영토인데 지금은 중국 땅이라니 한스럽다. 국력을 튼튼히 하고 세계를 석권하는 경제력이 확보되면 언젠가는 자유 통일

국가로 변하기를 내심 기대를 한다. 옛 고구려 땅을 백마를 타고 태극기를 휘날리며 달리고 싶다.

  아! 아! 대한민국 영원하리라.

# 생명력

　동식물들의 생명력은 과연 얼마나 될까? 지난 12일 동안 미국 서부 지역을 트래킹 관광을 하였다. 하루는 1984년에 유네스코 자연유산에 등록된 요세미티 국립공원을 찾아갔다. 미국 서부 3대 공원 중 하나이다. 14,000여 종의 식물과 다양한 동식물이 서식하는 이곳은 그야말로 자연의 보고이며 최적의 학습장인 곳이기도 하다. 1,600년 정도 된 거목을 보고 왔다. 그 크기가 엄청나다. 밑둥의 둘레는 29미터, 지름은 8.5미터, 높이는 100미터 이상으로 보잉 747기 길이보다 길다고 안내판에 기록이 되어 있다.

　이 공원은 평균적으로 5년에서 20년 사이에 한 번씩 산불이 난다고 한다. 그 엄청난 불길을 최소 80번 이상 견디어 내고 자라고 있는 것이다. 주변에 불에 타 쓰러져있는 거목들의 잔재도 여기저기 널브러져 있다. 지구상에는 3,200년 정도가 된 나무도 있다는 이야기도 들린다. 정말로 끈질긴 생명력을 지닌 것이다. 앞으로 몇 년을 더 버티며 살아서 인간에게 필요한 산소를 내뿜어 주며 인내의 교훈을 줄까? 정말 궁금하고 신기하다.

끈질긴 생명력은 또 있다. 유타주 소재 캐년 중의 으뜸인 아치스 캐년 국립공원 내에 있는 델리케이트 아치를 구경하러 버스에서 내려 왕복 2시간 코스를 걷기 시작했다. 40도가 넘는 그리고 나무 그늘 하나 없는 태양 볕 바위 언덕을 무더위를 참고 가야 한다. 우리 부부는 무더위를 참고 앞만 보고 열심히 걸었다. 그런데 이십 미터 앞에 우리보다 연세가 많으신 부부가 걸어가고 있는 것을 보고 아내가 앞질러 가자고 제안을 했다. 그런데 나는 갑자기 자신이 없어서 이렇게 대답을 했다. 자기 능력을 모르고 과욕을 부리면 내가 먼저 쓰러질 수도 있어 그냥 우리 능력대로 걸어가면 돼 라고 대답했다. 실제로 맞는 말이다. 중년 이상 된 사람들이 자기 체력의 한계를 알지 못하고 무작정 산행을 하다가 변을 당하는 일이 종종 벌어지고 있지 않은가? 나는 그런 생각이 들었던 것이고, 먼 이국땅에서 혹시 변이라도 당하면 안 되지 하는 생각도 들었던 것이다. 그래서 아내의 과욕을 잠재우고 우리들의 능력대로 걸어가기로 했다.

30분 정도 올라왔는데 바위틈에서 자라는 향나무들이 보이기 시작했다. 그런데 그 향나무들은 사막지대라서 그런지 용틀임을 하면서 크고 있지를 않은가. 키는 작지만 밑둥을 보면 수백 년은 된 듯하다. 그중에 죽어있는 나무가 누워있겠지 하였는데 밑둥은 꼭 죽은 나무처럼 용틀임을 하고 하얀 속살을 드러내고 누워있는 듯한데 상부에는 파란 향나무 잎이 붙어 있지를 않은가. 정말 놀라웠다. 나는 핸드폰으로 사진을 찍었다. 얼마나 생명력이 끈질긴 것인가. 온통 바위로 뒤덮인 산에서 그리고 비가 거의 오지 않는 사막지대에서 생명을 유지하느라 뿌리들은 생명수를 찾느라 바위틈을 얼마나 힘들게 파고 들어갔을까? 정말 궁금하다. 그러다 고사되어 죽은 향나무 둥치들이 여기저기 널브러져 있다. 최선을 다하여 생명을 유지하다가 자연의 섭리에 이기지 못하고 고사된 것이다. 살기 좋은 땅에서 자라지 하필이면 이렇게 메마른 사막에 싹을 틔워 고생하는가? 나무는 어쩔 수 없다 하지만 인간은 자기가 살아가는 장소나 환경을 선택할 수 있지 않은가? 그러나 어쩔 수 없이 인간들도 자기에게 주어진 상황을 잘 헤치며 즐겁게 살아가는 사람이 많이 있지만 그렇지 못한 사람도 가끔 있을 수 있다. 넓은 세상을 바라보지 못하고 자기만의 세상 속에 갇혀 헤매는 사람을 보면 안타깝기도 하다.

이런저런 생각을 하면서 90% 능선쯤 왔을 때 반가운 바위그림자인 오아시스를 만났다. 왜 이리 그림자가 고마운지 잠시 쉬었다 가기로 했다. 가지고 온 물병을 입에 대고 마시었다. 갈증을 해소하고 보니 아까 앞에 가던 부부 중 체격이 건장한 부인이 그곳에 있지 않은가. 체력이 대단하십니다. 인사를 하니 고소공포증 때문에 더 이상 갈 수가 없어 이곳에서 쉬는 중이란다. 나중에 대화를 해서 알게 되었지만 왕년에 여자배구 국가대표 선수로 지내셨다고 한다. 남편 되는 분은 식약청에서 정년퇴임을 했고, 매일 조기축구로, 3년 전부터는 매일 2시간 정도의 등산으로 체력을 유지해오고 있단다.

우리 부부는 다시 힘을 내어 목적지인 델리게이트 아치에 도달하게 되었다. 아치의 모습이 웅장해 자연의 섭리에 고개를 숙이지 않을 수 없다. 수십만 년 동안 약한 부분은 비바람에 떨어져 나가고 튼튼한 곳은 남아 있어 아치 모양이 되었다고 한다. 여기서도 힘이 없으면 사라지고 힘이 있으면 이렇게 남아 있어 수천 년을 버티며 인간에게 경이와 즐거움, 꿈을 주는 게 아닌가? 아치를 배경으로 사진을 찍고 아래를 내려 보았다. 절벽이라서 아찔한 감이 들었다. 체력이 약하신 분들이 올라오지를 못하고 5Km 아래에서 바라보는 모습이 개미 떼처럼 보인다. 나는 과연 언제까지 체력을 유지하고 살까. 델리게이트 아치 앞에서 생각에 잠긴다.

그랜드캐년을 구경할 때 안내자가 소개한 이야기가 있다. 한 25살 된 린다 스타바라스라는 처녀가 강아지와 함께 이곳에 왔다가 캐년이 너무 아름다워 삼백 미터나 되는 계곡 아래로 내려갔다가 길을 잃어버려 헤매다가 20일 만에 구조되어 살았다고 한다. 그런데 어떻게 버텨왔느냐는 질문에 '여러 차례 죽는 줄 알았는데 그때마다 살아야 하겠다는 생각의 끈을 놓지 않았다'고 한다. 그것은 하늘로 날아가는 헬리콥터 소리를 듣고 아 나를 구조하러 오는가 보다 하며 기운을 차리고 죽으면 안 돼 나는 꼭 살아날 거야 하는 신념을 가지고 밤이면 강아지를 끌어안아 체온을 유지하고 말라가는 물웅덩이에서 선글라스 케이스에 물을 담아 입술을 축이며 견디어 왔다고 한다. 과연 인간의 생명력을 어디까지일까? 또 한 번 궁금증이 난다.

이번 여행에서 힘도 들었지만 많은 자연의 섭리를 보고 왔다. 인간의 힘은 미약하나 마음을 어떻게 갖고 살아야 하느냐에 따라 명암이 바뀔 수 있다는 것을 아는 계기가 되었다. 선한 마음으로 더불어 살아가고자 한다.

# 옥수수 1

삼복더위가 한창인 여름이면 시골에서 주식 내지는 간식거리로 먹거리가 여러 가지가 있다. 감자, 참외, 수박, 옥수수 등 그중에서 옥수수에 대한 사연이 있다. 퇴임하고 텃밭을 가꾸며 지내야 하겠다는 생각으로 3년 전부터 지인의 야산을 빌려 텃밭을 일구기로 했다. 가시덤불로 뒤덮인 야산이다. 그런 곳을 텃밭으로 만들겠다고 겨울이면 가지를 베어내고 봄이 되면 가시나무 뿌리들을 삽으로 캐내어 밭을 만들었다. 주변의 사람들은 고작 삽과 괭이 톱 등으로 어떻게 밭을 만들려고 그러냐며 의심 어린 눈으로 바라보았다.

삼 년째 되는 올해에는 100평 정도가 되었다. 몸은 고단하였지만, 그럴듯한 밭이 되니 기분이 좋았다. 넓은 농토를 보유한 사람들이 부럽지가 않았다.

수년 전 음성에 있을 때 밭에 옥수수를 심어 익어갈 무렵 멧돼지에게 모두 바친 기억이 났다. 옥수수 대가 군데군데 넘어져 있지 않은가? 다가가서 살펴보니 잘 익어서 수확하려고 했던 옥수수 대만 모두 넘어져 있고 옥수수 통은 보이지를 않았다. 이상하다 누가 이런 일을 저질렀는지 의아해하며 땅바닥을 살펴보니 동물 발자국들이 있지를 않은가. 자세히 살펴보니 돼지 발자국이었다. 멧돼지이었구나. 멧돼지는 냄새를 기가 막히게 맡아 먹을 것을 잘 찾아낸다고 들었다. 멧돼지들이 잘 익은 옥수수만 이빨로 옥수수 대를 자르고 넘어뜨려 옥수수를 따 먹은 것이다. 이렇게 그 해는 옥수수 전체를 멧돼지에게 먹잇감으로 내주게 되었다. 인간이 사는 세상은 주변의 각기 다른 동식물들과 어울려 살아가야 한다지만 조금도 아니고 모두를 빼앗기고 나니 허탈했었다. 멧돼지에게 미운 마음도 있었다.

여기는 시내 근처라 멧돼지는 오지 않겠다는 생각으로 마음 놓고 옥수수를 키웠다. 바람이 살랑살랑 불어오면 넓고 긴 옥수수 잎들은 너풀너풀 춤을 추며 익어간다. 전통춤을 추는 무녀가 빙빙 돌아가며 긴 흰색 천을 휘날리는 모습을 연상케 하였다. 그런대로 각기 제 모습을 찾아주었다. 옥수수도 통통히 익어가고 있었다. 참외는 색깔이 노랗게 되면 수확을 하고, 방울토마토는 빨갛게 변하면 따 먹는다. 옥수수는 수염이 말라 있으면 딸 때가 되었다고 판단하거나 겉껍질을 조금 벗겨보고 익은 것을 찾는다.

따먹을 만한 것이 있나 하나씩 살펴보는데 겉껍질이 조금 벗겨져 있지를 않은가. 이상하다 생각하고 살펴보니 겉껍질이 벗겨진 부분의 옥수수 알갱이도 없어졌다. 이번에는 어느 동물이 훔쳐 갔을까 궁금했다. 옥수수 대가 넘어진 것도 아니고 한 통 전체를 먹은 것도 아니고 일부분 조금 먹은 것으로 보아 조류라는 생각이 들었다. 익은 옥수수 일부만 조금 파먹은 것은 다행이다. 그래 내가 고생하며 농사를 지었지만, 조류들도 내 농사를 도와주었다. 밭에서 일할라 치면 이름 모를 새들이 날아와 밭에서 살아가는 해충들을 잡아먹는 모습을 보았다. 그것은 농사일을 도운 것이다. 새들이 조금씩 쪼아 먹을 것을 따면 틀림없이 통통하게 잘 익은 옥수수라는 것을 알려주는 결과가 되었다. 잘 익은 옥수수를 찾느라 이리저리 살필 필요가 없어져 수고를 덜었다. 세상에 공짜는 없어 새들도 농사일을 도운 만큼 결실을 가져가는 거야. 이렇게 생각을 하니 마음이 한결 편해지고 공생하는 방법을 터득한 것이다.

사람이 건강하게 사는 세상에는 각종 동물이 함께 살아갈 수 있는 곳이다. 푼내기 나의 농사법은 풀이 나지 못하도록 이랑은 비닐로 씌워 작물을 심고 고랑에는 낙엽을 모았다가 두껍게 깔아주면 된다. 사이사이 나는 풀은 일일이 호미를 이용하여 손으로 뽑아준다. 그 낙엽은 일 년이 지나면 썩어 유기물질이 건강한 토양을 만들어 준다. 땅속에는 지렁이가 많이 생겨 농사에 도움이 된다. 오로지 퇴비만으로 작물을 키워 건강한 먹거리를 생산하는 즐거움에 빠져 있다. 농사를 대량으로 하시는 분들이야 어떻게 나같이 농사를 지을 수 있을까.

사람들이 건강한 먹거리를 마음 놓고 먹을 수 있도록 농법을 누군가 새롭게 개발하여 제초제나 여러 가지 농약들을 사용하지 않아도 땅에는 각종 미물들이, 하늘에는 여러 종류의 조류들이, 산에는 짐승들이 공생하면서 살아갈 날을 그려본다.

# 제비

추석 전날 고향에 계신 형님네 집을 찾아갔다. 차례 지낼 음식을 만드실 형수님을 도울 생각으로 아내와 같이 갔다. 어머니가 보는 앞에서 형님 내외와 조카며느리 등과 웃음보따리를 풀어가면서 빙 둘러앉아 송편도 만들고 전도 부치는 등 다양한 차례 음식을 만들고 조리를 했다. 숭조정신을 기르는 일도 중요하지만, 형제간에 이런 기회를 맞아 우애도 돈독히 하고 그동안 하지 못한 이야기도 나누니 너무도 즐거웠다.

조카는 마당에 상을 차리고 불판을 준비해 놓았다. 마당으로 모두 나와 빙 둘러앉았다. 대하를 구워 먹으며 소주도 한 잔씩 기울였다. 웃음소리를 틈타 어디선가 제비가 지지배배 하는 소리가 들렸다. '어 제비 소린데?' 하며 소리를 찾아 사방을 둘러보니 현관 앞 처마 밑 벽에 제비집이 보였다. 제비 한 마리가 앉아 우릴 보고 있다. 우리가 재미있게 환담을 하는 것이 부러웠나 보다. 나도 한 자리 끼워 달라는 듯이 고개를 갸우뚱하면서 쳐다보고 있다. "아! 제비다" 누군가가 또 한 번 소리를 쳤다. 너무도 오랜만에 보는 제비라서인지 너무도 반가웠다. "제비, 이제 많이 돌아왔어, 이삼십 년은 못 보았던 제비가 작년에 몇 마리보이더니 올해는 동네 집집마다 제비집을 짓느라 야단이었어" 형님은 태연히 말씀하신다.

어린 시절에는 어디를 가든 제비를 쉽게 볼 수 있었다. 특히 들판에 나가면 많은 제비들이 떼를 지어 날아다니곤 했다. 제비들은 벼가 자라고 있는 논 위를 자유자재로 위로 솟구쳐 올랐다가 갑자기 아래로 선회를 하는가 하면 좌우 회전도 날렵하게 하였다. 꼬리를 길게 뻗고 날갯짓을 하는 모습이 꼭 재롱을 부리는 어린아이 같았다. 날렵한 모습의 제비들은 연미복을 차려입은 멋쟁이 신사들이었다. 우리 눈에는 멋진 모습이었으나 실은 그 날갯짓은 벼에 해를 입히는 해충이나 곤충들을 잡아먹느라 그리하였던 것이다. 그런데 언제부터인지 제비들이 차츰 숫자가 줄어들더니 어느 해부터는 제비가 보이지 않기 시작했다. 벼나 작물에 해충의 피해를 줄이려고 독한 농약을 뿌려대니 제비의 먹잇감인 곤충들이 없어져 버렸다. 그렇다 보니 생존을 유지하기 어려웠던 제비들이 서식지를 다른 지역으로 바꾸었기 때문에 우리나라에서 보기 힘들어졌던 것이다. 지지배배, 지지배배 우는 제비를 보지 못하니 정든 고향 집을 찾았어도 무언가 허전한 생각이 들며 못내 아쉬움이 있었다.

경제가 좋아지니 삶의 질을 높아진다. 농부들이 사용하는 농약들이 인간에게 해가 덜 되는 저 독성으로 바뀌었다. 유기농 재배로 말미암아 토양이 건강해지고 곤충들이 살 수 있게 되다 보니 제비가 돌아온 것이다. '반갑다. 제비야! 새끼는 몇 마리 낳았어?' 물어보며 소리를 쳤다. 내 말을 알아들은 것처럼 '지지배배 지지배배' 노래를 한다.

귀소본능을 지닌 제비는 강남 갔다가 다시 그 마을로 돌아오면서 봄소식을 전해주는 사람에게 익조이자 친근한 길조이기도 하다. 내가 어릴 적에는 한 쌍의 제비는 으레 집 안방 문 위 처마 밑에 집을 짓곤 했다. 그러다 보니 제비가 똥을 싸면 마루 위에 또는 뜨락에 떨어져 지저분하게 한다. 그런데도 누구 하나 제비집을 망가뜨려 제비가 집을 짓지 못하도록 타박하지 않았다. 할아버지께서 제비집 밑에 널빤지를 크게 대어 제비 똥이 마루에 떨어지지 않게 하시던 기억이 새롭게 떠오른다. 지금은 어린 새끼들이 거의 다 자라서 둥지를 떠나 먹이 활동을 하느라 보이지 않으나 어릴 적에 보았던 제비집 속의 노란 주둥이를 가진 새끼들이 서로 먼저 먹이를 달라며 주둥이를 최대한 크게 벌리고 짹짹거리는 모습이 뇌리를 스친다. 얼마나 귀여웠던가?

이제 얼마 있으면 중앙절인 음력 9월 9일이다. 제비들은 추운 겨울을 피하여 따뜻한 강남으로 돌아가겠지. 멀고 먼 강남까지 날아가려면 부지런히 먹이 활동을 하여 날개에 힘도 길러야 하겠지. 그래서 새끼들도 열심히 먹이 활동을 하러 모두 집 밖으로 나간 모양이다. 올해에 다섯 마리 새끼를 키웠단다. 어미들은 다섯 새끼를 기르느라 얼마나 바쁘게 먹이 활동을 하였을까? 안 보았어도 짐작이 간다. 자기의 배고픔은 참고 새끼들 배 채워주는 데만 온 신경을 쓰고 들락거렸을 것이다. 팔 남매를 키우신 나의 부모님도 눈만 뜨면 논밭으로 나가 고생하시며 어린 자식들 배 채우며 공부시키셨다.

　내년 삼짇날인 음력 3월 3일에는 봄소식을 안고 제비들은 돌아올 거다. 누가 아는가. 입에 좋은 소식을 가득 담은 박 씨 하나 꼭 물고 돌아올지…. 벌써 마음이 설렌다. 제비야 내년에 또 만나자! 지지배배 인사를 한다.

# 콩 농사

    내 어릴 적에는 먹을거리가 부족하여 나무순을 잘라 먹기도 하였다. 찔레나무 순이나 삘기라 하는 갈대 꽃대가 자라 피기 전에 뽑아서 먹었던 기억이 있다. 맛은 달짝지근하기도 하고 떨떠름하기도 하였다. 봄에 아버지가 소를 이용하여 쟁기로 논을 갈면 그 뒤를 졸졸 쫓아다니며 올무를 주워 먹기도 하였다. 콩알 정도의 큰 알갱이로 껍질은 검은색을 띠지만 속은 흰색으로 단백질 덩어리였다. 이순간 달짝지근한 그 맛이 생각나 침이 입안에 고인다.

    농업사회 시대에는 단 한 평의 땅이라도 개간하여 먹을거리 생산을 위하여 논밭으로 이용됐었다. 지금은 눈부신 경제 발전의 영향으로 맛있는 먹을거리가 외국으로부터 엄청나게 수입되고 있다. 우리나라 농업기술도 첨단 기술과 융합하여 맛좋고 보기 좋은 과일이나 채소를 많이 생산한다. 시장엘 가보면 먹을거리가 지천이다. 그러니 경쟁력이 떨어지는 땅은 묵어 쑥대밭으로 변하는 곳이 눈에 많이 뜨인다. 그런 와중에서도 일부 도시민들은 자투리땅을 일구어 채소밭을 만들어 손수 먹을거리를 생산하는 재미를 맛보기도 한다.

이는 경제활동 시간은 줄고, 휴식이나 취미활동 등 자유로운 시간이 늘어나면서 농사의 기쁨을 맛보기 위한 활동이라 생각된다.

가족 간에 유대 강화를 위하여 주말농장을 찾아 가족 단위로 휴일을 즐기는 사람들도 늘어나고 있다. 직접 농사 체험도 하고 자기가 심어 저농약으로 키운 농산물로 한 끼의 반찬을 준비도 한다.

나도 텃밭을 가꾸어 보자는 마음을 정했다. 퇴비를 사다 뿌리고 주변 가축농장에서 소똥도 얻어다 뿌렸다. 때로는 주변의 썩은 낙엽도 긁어다 뿌렸다. 일체의 농약이나 제초제는 사용하지 않으니 토질은 날로 좋아지고 지렁이도 많이 생겼다. 마지막으로 파헤친 십여 평 정도는 거름기 없이 두둑을 만들고 그곳에는 쥐눈이콩을 심었다. 콩은 거름기 없이 심어야 한다고 들었다. 콩과식물은 뿌리에 박테리아를 거느리고 산다. 잎에서 산소 동화작용으로 공기 중에 있는 질소를 모아 뿌리에 보내서, 콩이 자라는 데 없어서는 안 되는 천연비료를 만드는 역할을 하고 땅을 기름지게 하기 때문이다.


콩은 싹을 잘 틔우고 무럭무럭 자랐다. 콩은 가지치기를 많이 해야 하므로 순도 자주 잘라주었다. 너무 무성하다 싶을 정도로 컸다. 제법 콩 꽃도 많이 피었다. 여름내 비를 맞고 잘 자라 열매를 맺는 콩꼬투리가 더덕더덕 달렸다. 가을이 되어 콩꼬투리를 따서 까보았다. 어쩐 일인가? 콩알이 자라지 못하고 그냥 있거나 속은 벌레가 들어앉아 있었다. 농업인한테 물어보니 콩 꽃이 필 때 살충제를 뿌려 벌레가 꽃 속에 알을 낳지 못하게 하여야 한단다. 살충제를 뿌리지 않았으니 알들이 콩꼬투리 안에서 부화하여 콩 속의 수분을 빨아먹으니 콩알이 생기지도 못하였다는 것을 알게 되었다. 농사도 사전 지식을 습득하여 때에 맞추어 작업해야 함을 알았다. 모든 것이 쉬운 일이 없다. 이렇게 첫 콩 농사는 실패하였다.

　내년에는 심을 작물을 사전에 계획을 세우고 농사짓는 방법을 미리 숙지를 하여야겠다. 작업할 시기를 기록해 두었다가 잊지 않고 실행을 해서 수확의 기쁨을 맛보리다.

# 제3부

## 용서容恕와 배려配慮로 세상을 열다

말에 믿음이 있어야 한다.
믿음이 있다는 것은 말속에 이치에 맞고
말하는 사람도 그 말대로 행동하고
실천하며 솔선수범을 하는 것이다.

# 문명의 이기

　문명과 문화가 발전해 가면서 사람들은 해야 할 일들이 하나둘 늘어난다. 농업시대에서는 기본적으로 알고 있어야 하는 것들이 단순했었다. 음력에 맞추어 씨를 뿌려 거름 주고 잡초를 뽑아주며 식물을 재배하는 일들은 단순했었다. 사람들이 편하게 삶을 영위하도록 문명이 발달한 현재는 살아가면서 기본적으로 알아야 할 것들이 너무 많고 복잡하다.

　여러 가지 목적으로 사용되는 가전제품들의 사용 설명을 읽어보아도 처음에는 잘 이해가 되지를 않아 스트레스를 받기도 한다. 특히 요즈음에는 핸드폰 때문에 오해가 야기惹起되기도 한다. 핸드폰은 처음 개발한 것은 단순히 전화를 주고받는 것으로 주로 활용했다. 얼마 전 오래된 핸드폰을 더 좋은 것으로 교체했다. 점차 편리함을 추구함에 여러 가지 앱이 개발되어 수록되어 있다. 앱을 사용하려면 사용하는 방법이나 요령을 익혀야 한다. 알아야 할 것들이 너무 많다. 매장 직원이 자세히 설명해주었다. 네, 네 하면서 알아들었다는 대답을 쉽게 했다.

쉽게 사용 방법을 익혀 편하리라 생각했었는데 그렇지가 않았다. 처음 사용을 할 때는 조금만 잘못 만져도 엉뚱한 화면이 나오든지 메시지가 뜬다. 이럴 땐 당황스럽고 잘못되면 어쩌지 하는 생각에 겁도 난다. 젊은 사람들은 쉽게 적응을 하는 데 비해 나이가 많은 사람들은 번잡스럽게 느껴 짜증이 나기도 한다. 핸드폰 사용에 관하여 안내 문자도 자주 온다. 어떤 경우에는 메시지에 예, 아니요 또는 확인, 취소를 선택하라고 할 때 어느 것을 터치해야 할지 걱정이 되어 선뜻 선택을 못 한다. 당황스러울 땐 전원을 꺼버린 일도 있었다.

내가 원하지 않았던 앱들이 자꾸만 기본 화면에 하나둘 늘어간다. 사용도 하지 않는 것도 화면에 깔리게 되었다. 그럴 때마다 매장을 찾아가 직원에게 문의하고 상담도 받고 사용 방법을 익혀 나갔다. 처음에는 매장 직원이 그것도 모르냐는 표정으로 짜증도 냈었다. 예전에 사용하던 단순한 핸드폰이 그리워졌다. 나도 나 자신이 부끄러웠다. 한편 매장 직원이 미워지기도 했다. 그러나 어쩌랴, 자꾸만 찾아갈 수밖에 없는 걸, 자꾸 찾아와서 미안하다는 표정을 지으며 이렇게까지 했는데 다음을 어떻게 해야 할지 몰라서 왔다고 했더니 차츰 자세가 바뀌어 친절히 알려주었다. 주위를 둘러보니 나와 비슷한 사람들이 몇 명이 더 있다는 사실을 알았다. 아마도 매장 직원도 어른들은 할 수 없구나 하고 포기를 한 것 같다. 자세히 알려 주는 길밖에 다른 방법이 없겠다고 생각이 되었는지 다른 사람에게도 자세히 설명해준다.

한 가지씩 문제가 해결되니 이용하는 앱이 하나둘 늘어나기 시작하였다. 은행에 직접 찾아가 하던 은행 업무도 집에서 핸드폰으로 인터넷 뱅킹으로 계좌이체도 한다. 한자, 사전 등의 앱을 활용하여 공부도 할 수 있다. 친구들과도 그룹 채팅, 또는 밴드를 활용하여 동시에 모든 사항을 알려줄 수가 있어 너무 좋다. 모임에 누가 참석을 하고 누가 불참하는지 바로 알 수가 있다. 이제는 문명의 이기를 너무 잘 이용하고 있다.

처음에 핸드폰을 사용할 줄을 몰라 매장을 찾아갔을 때 직원의 불친절에 화가 났던 일도 눈 녹듯 사그라져 잃어버렸다. 오히려 마음속에서 욕을 했던 나 자신이 부끄럽게 느껴졌다. 신제품이 출시되었을 때, 많은 사람들과 상담을 하는 매장 직원이 존경스럽다. 화가 난 말투로 상담을 요구하는 고객들의 마음을 다스려가며 설명하는 모습에 참을성도 많다고 느꼈다. 앞으로는 모르는 것이 있을 때는 내가 아는 범위는 어디까지이고 어디서 막혀 더 이상 진행을 하지 못한다는 것을 자세히 설명을 해주고 상담을 요청해야겠다. 서로가 웃는 모습으로 관계를 형성하고 상대를 배려하는 자세가 필요하다. 밝은 사회를 만들어 가기 위해 사고 전환을 해야겠다.

# 다중추돌 사고

날이 풀리며 동식물들이 겨울잠에서 깨어 서서히 꿈틀거리기 시작하였다. 남쪽으로 비탈진 산에는 생강나무 꽃망울이 노랗게 맺힌다. 남녘에는 어느 산사의 매화 꽃망울이 수줍은 여인의 연지 바른 입술처럼 가지마다 뾰족이 내민다는 소식도 들린다. 봄 맞을 준비하느라 서로가 분주하게 여기저기를 오가는 사람들의 차량들은 도로에 줄을 잇는다.

아내와 같이 토요일 아침 상쾌한 기분으로 여주를 가기 위해 승용차를 몰고 집을 나섰다. 아침 햇살도 너무 상쾌하고 따듯하다. 시내를 빠져나와 중부고속도로 IC를 들어섰다. 4차로를 꽉 메운 차량 행렬이 물 흐르듯이 달린다. 4차로의 속도가 느린 큰 트럭을 추월하기 위해 서서히 속도를 내면서 여유 있는 1차로로 차선 변경을 하였다. 1차로에는 승용차들이 줄을 이었다. 여유롭게 큰 소음도 없이 달리던 순간 '어 앞차가 속도가 준다' 눈을 감으며 급브레이크를 있는 힘을 다해 힘껏 밟았다. 쿵, 퍽, 팍팍 팍 정신이 혼미하다. 정신 차려 눈을 떠보니 앞차를 받았네, 엔진룸에서는 연기인지 수증기인지 본넷 틈 사이로 꾸역꾸역 피어오른다. 황급히 차에서 내려 보니 앞차도 그 앞차를 내차 뒤로는 여러 대가 추돌하여 붙어있다. 중앙 분리대 옆에 주저앉았다. 아수라장이 따로 없다. 사고 난 차량에 탑 승했던 사람들이 밖으로 다 나와 우왕좌왕한다. 순간 현장을 보존 해야 한다는 생각으로 핸드폰으로 사진을 여러 장 찍고 가입된 보 험사에 연락을 했다. 흉부의 통증이 참을 수가 없고 숨을 쉬기도 어 렵다. 나에게 이런 사고가 날줄은 꿈에도 생각을 못 했다. 아내와 함께 구급차에 실려 응급실에 입원하였다

그날 저녁 뉴스에 9중 추돌 사고가 보도되었다. 앞에 가던 외제 차가 갑자기 섰다. 뒤이어 오는 차들은 돌발 상황에 대처를 못 하 고 추돌하고 말았다. 나는 네 번째로 안전거리 미확보 규정 위반이 되었다. 맨 앞의 운전자는 고의적인 사고 혐의를 받아 조사를 받았 지만, 무혐의 처리되었다는 소식을 듣고 분개하였다. 사고를 낸 운 전자들은 현장에서 보복 운전이 아니냐고 떠들어 댔었다. 얼마 전 에도 인천대교에서 갑자기 안개가 밀려와 삼십 중 추돌 사고가 나 기도 했다. 과연 안전거리는 어느 정도로 해야 하나 걱정이다. 조금 멀다 싶으면 가차 없이 끼어들기가 이루어진다. 그러니 너무 띄우 고 간다는 것은 또 다른 사고의 위험이 따르니, 이러지도 저러지도 못했었다.

가끔 텔레비전에서 복잡한 교차로의 교통상황 안내 방송을 볼 때 가 있다. 멀리서 촬영한 동영상 화면에서 질서 있게 물 흐르듯 움직

이는 차들을 보면 참 멋지다고 했었다. 전국의 도로 상황이 저런 모습이라면 교통사고에 의한 불행이란 일은 없을 수 있지 않은가? 그날 운전에 대하여 후회하고 있다. 불과 이삼 분만 더 트럭을 따라갔더라면, 안전거리를 이백 미터 정도의 거리를 두고 갔더라면, 브레이크를 더 세게 밟았더라면 사고대열에 끼지 않았을 텐데 아직도 머리는 멍멍거린다. 나는 이 계기를 통하여 안전 운행에 대하여 깊이 성찰하며 이후로는 어떤 가벼운 사고라도 나지 않도록 방어운전과 여유로움을 갖고 운전을 하겠다는 것을 나 자신에게 약속한다. 누구를 원망하랴 원인은 나로부터이고 새로운 변화도 나로부터라는 나비효과(butterfly effect)을 기대해 보며.

# 나이롱환자라니요

봄이 완연히 우리 주변에 와 있다는 것은 피부로 느낀다. 창밖의 화단에 있는 동백꽃 망울이 벌어지기 시작하는 것을 보아 알 수 있다. 남들은 화창한 봄날 꽃구경 나가 좋아하는 사람과 맛있는 음식을 나누며 봄기운을 만끽하느라 정신없겠지.

맨 앞차의 운전자가 생각하지도 못한 그 앞차의 급정거를 해 고속도로 위에서 9중 추돌 사고를 당했다. 이어 뒤를 따라가던 차들도 연속적으로 추돌했다. 추돌 사고 사이에 낀 나는 응급차에 실려와 병원 신세를 지고 있다. 봄이 오는 자연의 소리가 더욱 그리워진다. 몇 번째의 앞차가 운전 미숙인지 보복 운전인지는 몰라도 갑자기 정지하는 바람에 뒤를 이어 따라가던 차들이 모조리 추돌하고말았다. 어찌 되었건 안전거리 미확보라는 규정 위반으로 앞차의대물 · 대인 보상을 해야 하니 더욱 마음이 쓰리다. 차량 파손 보상이나 신체 일부 망가짐의 치료는 보험으로 해결되지만 해야 할 일들이 많은데 이런저런 이유로 손해가 막심하다. 주위 사람들은 조금이라도 아프면 퇴원하면 안 된다고 한다. 나중에 교통사고는 후

유증이 나타나기 때문이란다. 퇴원하고 싶어도 마음대로 할 수 없다. 보험회사와 완전히 마무리될 때까지 기다려야 한단다.

　나로 인하여 걱정해주는 지인들에 대해 미안함을 무엇으로 보상해야 하나. 창밖의 환경은 빌딩뿐이요 밤이면 그나마 광고판 네온사인 불꽃놀이는 그런대로 보아줄 만하다. 지인의 정성 어린 배려로 한 가지 잘라와 음료수병에 꽂아놓은 진달래 몇 송이가 삭막한 병실의 분위기를 환하게 해주어 답답한 심정이 위로되었다. 오늘은 생명을 다한 진달래 대신 노란 개나리가 그 자리를 지켜주니 봄볕에 노란 병아리 떼가 어미를 따라 삐악거리며 무언가를 쪼는 모습이 그립다.

　막상 병상 침대에 누워있자니 텔레비전에서 종종 들어 왔던 나이롱환자 이야기 생각이 난다. 내가 그 나이롱환자가 된 것이다. 사실 나는 전에 나이롱환자에 대하여 비난도 했었다. 역지사지라는 말이 떠오르는 장면이다. 겉으로 보기엔 멀쩡한데 갈비뼈가 부러져 운신의 폭이 좁아지고 목 주위와 허리 통증은 누가 알랴. 무병 신음하며 꾀병? 부리는 신세가 되었네. 보험회사에서 치료비를 부담함에 함부로 병실 밖으로 나갈 수 없는 철조망 없는 감옥 신세가 따로 없네. 교통사고가 아니고 내 잘못으로 다친 몸이라면 퇴원하여 통증 참아가며 하고자 하는 일을 하고 싶다. 텃밭에 나가 감자, 토란도 심고 강낭콩 씨앗도 뿌리고 할 텐데 그것마저 못하니 야속하기 짝이 없다.

그나마 다행인 것은 의사와 간호사가 다른 일은 다 잊고 치료하는 데만 집중하라며 친절한 치료와 사후 관리를 잘해주니 고맙고 위안이 된다. 링거 약물이 한 방울 한 방울 떨어지는 것을 보고 있으니 내 생명이 일 초 일 초 늘어나는 기분이 들기도 한다. 늘어나는 일 초가 왜 그리 길게 느껴질까? 시간의 흐름이라는 것은 상황에 따라 길기도 하고 짧게도 느껴지는 것 같다. 늘어지는 약물 방울이 끈질기게 늘어지다가 만유인력에 의해 떨어질 때면 아프리카 어느 지역의 내전과 가뭄으로 인하여 먹을 것이 없어서 죽어가는 어린아이 입을 물 한 방울이 촉촉이 적셔주어 생명을 연장해 주는 느낌이다.

사고 나는 날 과속은 아니었지만, 순식간에 벌어진 일이라서 방어운전은 아무 소용이 없었다. 안전거리 확보를 위하여 앞차와의 거리가 멀다 싶으면 가차 없이 다른 차가 끼어든다. 그러니 너무 띄울 수도 없는 실정이다. 이제 나이가 더 들면 상황 대처 능력이 떨어져 사고 발생 위험도가 높아질 것은 뻔하다. 원거리를 이동할 때 소요 시간이 더 많이 늘어나더라도 대중교통을 이용하여 사고율도 줄이고 교통체증을 완화하는 데 도움이 되도록 할 것이다.

지금까지 자의적으로 나이롱환자라고 판단했던 생각이 바뀌게 되었다. 교통사고를 당한 그들의 눈에 보이지 않는 고통과 괴로운 심정을 헤아려주는 마음이 필요할 때이다. 악의적인 나이롱환자가 없기를 바라며 교통사고 환자분들의 신체 재활 능력 회복과 아픈 마음이 하루속히 치유되기를 빌어본다. 그리고 환자를 지켜보고 있는 가족들의 초조한 마음을 위로해 드리는 바이다. 거침이 없이 유유히 흐르는 강물처럼 누구 하나 실수 없이 또한 악의적인 보복 운전이 사라져 차량흐름도 원활히 되기를 희망해본다.

# 옥수수 2

여름철 시골길로 여행을 하다 보면 길가에서 옥수수를 쪄서 파는 곳이 눈에 많이 뜨인다. 그냥 지나치지 못하고 한 봉지를 사서 뜨거운 옥수수를 호호 불며 먹는 맛이 일품이다. 이렇게 맛있는 옥수수를 먹을 수 있게 해준 농부들의 피땀에 고마운 생각을 한다. 요즈음에는 옥수수를 지키느라 농부들의 걱정이 많다. 옥수수가 익어갈 때면 으레 하는 일이 조수鳥獸가 접근을 못 하도록 다양한 방법을 활용한다. 주기적으로 총소리를 내어 쫓거나 울타리를 쳐서 접근을 못 하게도 한다.

칠십 년 대에는 조수 피해는 거의 없었기 때문에 총소리를 내거나 울타리를 치는 일은 없었다. 오히려 짓궂은 사람들이 서리라는 명목으로 남이 가꾸어 놓은 농작물을 몰래 따먹는 일들이 흔히 있었다. 혹시 주인에게 발각이 되더라도 그저 장난삼아 한 서리로 돌리어 용서해주었다.

군 복무 중 옥수수가 영글어갈 무렵 부대에서는 훈련에 필요한 위장 풀을 베러 소대 병력을 인솔하여 나갔다. 주변에는 옥수수밭이 여기저기에 있었다. 옥수수가 영글어 갈 시기여서 작업을 시작하기 전에 농부들이 애써 지어놓은 옥수수에 절대로 손을 대지 말라는 주의를 단단히 주었다.

병사들은 개인별로 산속으로 흩어져 보이지를 않았다. 점심때 병사가 라면을 끓여 왔다. 항고에는 라면, 뚜껑에는 익혀져 김이 나는 옥수수가 하나가 있었다. 힘들게 농사를 지어놨더니 주변 군인들이 다 따간 것을 알면 얼마나 속이 상할까 하는 걱정이 되었다. 나는 그 병사에게 호통을 쳤다. 왜 지시를 어기느냐 당장 가져가라고 소리쳤다. 그 병사는 "더 이상 이런 일이 없겠습니다. 어차피 삶은 것이니 드십시오" 한다. 부대에서 짬밥만 먹던 병사들은 옥수수를 얼마나 먹고 싶었을까? 이해도 된다. 되돌릴 수 없는 일 어찌하겠는가, 갈등을 느끼면서 하는 수 없이 용서해주었다. 이 시간 이후로더는 안 된다는 다짐을 받고 오후 작업에 들어갔다.

귀대 시간이 되어 호루라기를 불어 길가로 집합을 시켰다. 모두들 칡덩굴로 묶어 한 짐씩을 지고 서 있었다. 인원 파악을 하고 사열 종대로 부대를 향해 군가를 부르며 씩씩하게 걸어갔다. 중간쯤에 왔을 때 저녁 식사 시간에 조금 늦을 것 같아 구보로 갔다. 한참을 가다 보니 한 병사의 풀 짐 속에서 옥수수 한 통이 떨어졌다. 아무 말 없이 그것을 주워들고 뒤따랐다.

부대에 도착하여 연병장에 양팔 간격으로 벌려 횡대로 집합을 시켰다. "지금부터 내가 지시하는 대로 따른다." 명령을 하고 "풀 짐을 앞에 내려놓아라. 그리고 묶어진 칡덩굴을 자르라." 명령을 어긴

병사가 둘이 있었다. 풀 짐 속에는 모두가 옥수수로 가득했다. 화가 났다. 포대장에게 보고를 하고, 저녁 식사를 늦게 먹더라도 정신교육 차원에서 기합을 주기로 했다. 먼저 두 병사와 동조를 한 다른 병사들도 똑같이 잘못이 있다는 것을 이해시키고 함께 기합을 주었다. 저녁 식사 시간보다 두 시간이 흘렀다. 포대장이 이제 그만하고 저녁을 먹이라 하여 정신교육을 마쳤다.

기합을 받는 동안에 병사들은 무슨 생각을 하였을까? 농부들의 피땀 흘려 지은 옥수수를 따온 것에 대하여 깊이 반성하고 뉘우쳤을까? 아니면 옥수수 한두 개 따먹고 너무 심하게 기합을 받는다는 생각을 하고 반감을 사지나 않았을까? 병사들의 생각이 변하기를 간절히 바랐다. 농부에게 사죄하는 마음을 갖고 군대 생활을 했으면 했다. 밭 주인은 다음날 밭에 와보고 얼마나 놀라고 마음이 아팠을까? 마음속으로 미안한 마음을 갖고 잠자리에 들었다.

사십 년이 지난 이 시간, 그때 그 병사들은 옥수수가 영글어갈 무렵이 되면 생생하게 그날이 생각나 또래들끼리 영웅담처럼 자랑하며 떠들어 대거나, 어떤 이는 자기들이 잘못된 행동이었다고 사죄하는 마음으로 이야기를 하는 사람도 있을 것이다. 어른이 되어 자녀들에게는 틀림없이 남의 물건에 절대 손을 대면 안 된다는 가정교육을 했을 것으로 믿고 싶다.

'농자천하지대본農者天下之大本'이라 했는데 힘든 농사일에 소득이 적어 농사를 지으려는 사람이 없어 걱정이 많다. 요즈음은 노인들이 농사를 짓고 있다. 우리들의 먹거리를 생산하느라 피땀 흘리는 농부들의 어려움을 조금이라도 헤아려주면 좋겠다. 우리 주변의 갖가지 농작물이 결실을 거두어가고 있다. 이왕이면 신토불이身土不異라 했다. 우리 농산물을 먹고 건강한 국민이 되기를 기대한다. 군대 생활 함께했던 병사들이여 언제 한자리에 모여 대학 찰옥수수 한 자루 삶아 하나씩 나누어 먹고 싶다.

# 용서容恕와 질책質責

요즈음 매스컴을 보면 세상이 너무 무섭다는 생각이 든다. 각종 사람을 경시하는 사건들이 물밀듯이 쏟아지고 있다. 인간의 탈을 쓴 짐승 같다. 어떻게 잔인한 살인, 묻지 마 폭행을 한다는 등등 듣기 싫은 소식이 너무 많다. 한 인간으로서 고민하지 않을 수 없다.

중학교 시절 한 도덕 선생님 생각이 난다. 선생님은 항상 수첩을 가지고 다니면서 학생들의 일거수일투족을 살펴 선악을 가리어 수첩에 기록하고 도덕 점수에 반영하였었다. 그때는 너무 시시한 것까지 따진다고 볼멘소리도 하였다. 쩨쩨하다는 표현으로 별명이 쩨쩨였다. 시시콜콜한 것까지 따지는 그릇이 적은 사람이라는 소리였다. 지금 돌이켜 보면 그것이 정말 참교육이었다는 생각이 든다. 연필이나 지우개를 친구에게 빌려주면 선행 횟수가 늘어나 플러스 점수가 되고, 친구에게 욕을 한다든가 몸에 손을 대기만 하여도 악행이라고 하여 마이너스 점수가 되었다. 도덕이라는 과목은 책에 나오는 이론만을 배우는 것이 아니고 몸소 실천해야 한다는 것이었다. 맞다. 도덕성이 풍부한 사람으로 기르기 위한 한 좋은 사례라고 생각이 든다. 존경스러운 선생님이었다. 그 당시 동기생들은 아마도 그 선생님을 잊지는 않았을 것이다. 월말시험 감독이 어느 선생님이 배정되나 큰 관심거리였다. '와' 소리를 치면 감독이 부실한 선생님이 배정된 것이고, 아이고 죽었다 하면서 한숨을 쉬면 철저히 감독하시는 선생님이 배정된 것이었다. 어느 선생님은 부정행위를 철저히 가려내시고 퇴장을 시키거나, 그 자리에서 질책을 하였다. 사전에 방비를 철저히 하여 조그만 부정행위도 없도록 감독을 하시었다. 그때는 독한 선생님이라고 하였지만 참 선생님으로 마음속에 그리고 살아왔다. 어느 선생님은 학생들의 일탈을 못 본 척 자리를 슬그머니 피하시는 분도 있었다.

고등학생 시절 빼꼼 담배를 피운 적이 있다. 친구들 다섯 명이 하교하는데 백여 미터 앞에서 학기 초에 신임으로 오신 선생님이 보였다. 서로 상의를 한 것도 아니었는데 동시에 담배를 입에 물고 버젓이 거리를 걸었다. 서로의 거리는 점점 가까워져 갔다. 마음속에는 테스트라는 못된 생각이 작동한 것이었다. 지적을 하면, 참 선생님으로 모시기로 하였다. 그런데 놀랐다. 분명히 눈이 마주쳤는데 수 미터도 안 되는 거리에서 골목으로 얼른 피하는 모습이 가련하게 보였다. 친구들은 앞으로 선생님이라고 부르지 말자 약속을 하고 졸업 때까지 약속을 지켰었다. 교사가 된 나로서 이 세 분의 선생님들을 머릿속에 그리며 교사 생활을 하였다. 입에 쓰면 약이고 달면 병이라는 말이 있듯이 그 당시 아무리 작은 행동도 질책이나 칭찬을 해준다면 은연중에 몸에 배어 도덕성이 높아질 것이다.

대체로 사람들은 그의 반대로 잘못 생각을 하는 것 같다. 용서해 주면 고마워하고, 질책하면 기분이 나쁘다며 상대를 미워하는 습성이 있는 것 같다. 우리는 과연 어느 쪽을 선택하여 받아드려야 할지 생각하지 않을 수 없었다. 타인으로부터 질책은 나의 선생님이요, 용서는 악마를 차츰 키워주는 나에게 병이 되는 행위라는 것을 명백히 밝히었으면 한다. 요즈음 학교에서 선생님들이 학생들을 질책하지 못한다는 말을 자주 듣는다. 부모로부터 또는 본인에게 왜 질책하느냐며 따지고 덤빈다고들 한다. 그러니 인성 교육은 물 건너 갔다고 표현들 하지 않는가!

　사람들은 너나 할 것 없이 매스컴을 통하여 본 일들을 따라 배우기를 하는 경우가 있다. 매스컴이 부정적인 사건들을 너무 많이 쏟아내고 있다. 모범적이거나 칭송을 받을 만한 내용을 찾아내어 방송하기를 바란다.

　우리는 입에 쓴 것을 자주 먹어서 몸에 병이 나지 않게 하는 것이 바람직한 삶이라고 말할 수 있다. 타인의 질책이나 지적을 달게 받아들이는 아량이 있어야 한다. 그것이 본인의 병을 고쳐주는 쓰디쓴 약이라는 것을 명심하여야 한다.

# 제자 사랑

세밑이 가까워지면 왠지 쓸쓸함을 느낄 때가 있다. 바쁘게 지낸 한 해가 조용히 저물어가는 저녁 시간이면 더욱 그렇다. 카톡이 울렸다. 얼른 열어보니 초임교사 시절 제자였다. 연말을 맞아 안부와 건강하게 사시라는 인사의 글이다. 이 인사를 받고 보니 초임교사 시절 한 사건이 머리를 스친다. 모든 것이 궁금하고 꿈을 키워가는 중학교 삼학년 담임을 맡고 네 학급 수학을 가르쳤다. 장교로 군 복무를 마치고 발령받은 총각 선생이라 그런지 남녀 학생 모두에게 관심의 대상이 되었었다. 시골 학생들에게 꿈을 꾸고 실현을 하도록 도움을 주고자 굳은 마음을 갖고 있었다.

제자들에게 차별을 두고 대하여서는 안 되는 것을 알고 있었다. 나는 무언가 학생들을 지도하는 방법이 있어서 다르게 하였다. 나의 주변에 가깝게 왔다고 느끼는 학생일수록 엄하게 대하였다. 교육을 통한 정을 깊이 느끼지 못하게 한다고나 할까? 나의 주변에서 멀리 있다고 판단되는 학생은 오히려 더욱 친절하게 대해주었다. 나의 주변으로 좀 더 가깝게 오도록 유도를 하여 수업 시간에 어떤

거리낌도 없이 참여하도록 하였다. 그런 일들로 모든 학생들에게 혼란을 주었던 것을 알았다. 하루는 교장으로부터 이런 이야기를 들었다. 이 선생은 학생들이 갈피를 잡을 수 없다고 한단다.

어떨 때는 친절한 이웃집 오빠나 형님인가 하다가도 엄한 아버지 같기도 하고, 철학자 같기도 하다가 군을 통솔하는 절도를 요하는 군지휘관 같기도 하단다. 그렇다. 학생들에게 나의 마음을 금방 읽을 수 있도록 행동을 하지 않았다. 진정 내 마음이 무엇인지를 가늠하지 못하도록 하였었다. 방법은 조금씩 다르지만 모든 학생에게 사랑을 주었다. 이성으로 사랑을 느끼게 된 여학생이라고 판단되면 더욱 엄하게 마음속에 경계를 긋고 대하였다.

해가 바뀌어 각자 고등학교에 입학하였다. 새 학년 삼월에 졸업한 제자로부터 편지를 받았다. 편지의 내용은 이러하였다. 삼학년 마지막 수업 날 선생님의 눈가에 눈물이 보였다는 것이다. 학생들은 선생님이 우리와 정이 많이 들어 헤어지는 것이 못내 아쉬워 눈시울을 적시었다고 생각되어 마지막 정리를 하라는 것은 하지 못하고 많은 학생들이 책상에 엎드려 울었다는 내용이 있었다. 그날 첫 수업을 마치고 다른 반 학생들에게 소문이 퍼져 네 개 반 모두 비슷한 상황이 벌어졌다는 것이다.

사실 이런 일이 있었다. 하루만 수업하면 고등학교 입시 전 수업은 끝난다. 좋은 결과만 기다리는 것이다. 함께 근무하는 동료 교사들과 저녁을 먹고 술을 마셨다. 그런 연유로 머리가 아파서 수업을 할 수가 없었다. 진도는 다 나갔으니 처음부터 훑어보면서 조금 부족한 단원에 대하여 다시 생각해 보라는 뜻으로 시간을 주었다. 교무실로 가 잡무 처리한다고 핑계를 대며 교실에서 나왔다. 교사가 수업 시간에 교실에서 나와서는 안 되는 것이지만 어쩔 수 없었다. 이렇게 네 시간 수업을 모두 마치게 되었던 일이 있었다.

아! 미안하구나. 교사로서 바른 체통을 지키지 못한 것이 학생들에게는 나를 선하게 보여졌다니 이보다 더한 미안함이 어디 있겠는가? 라는 생각이 되어 앞으로는 이런 상황이 되지 않게 매사에 조심해야지 다짐했었다. 편지를 보낸 학생에게는 곧바로 답장을 보냈다. 사실을 말하지 못하고 열심히 공부하여 이 나라의 훌륭한 일꾼이 되라는 일상적인 말만 적었다.

가르치는 교사의 입장에서 학생들의 눈빛으로부터 오히려 나의 그릇된 행동을 고치게 되는 계기가 되었다. 말과 행동의 조심성이 나를 바르게 하게 되었다. 사실 나는 그 일을 교직 생활이 끝나는 날까지 잊지 않고 마음에 새기고 지냈다. 교학상장敎學相長이란 말이 있듯이 퇴직을 한 지금도 잊을 수가 없다. 내 인생에 사표가 된 것이다.

배움이란 책으로 배우는 것만은 아니다. 주변 모든 상황에서 체득하고 일깨워지는 것이다. 내 주변에서 벌어지는 사건들을 보면서 사건 자체만을 보는 것이 아니라 반면교사로 삼아야 한다. 만물을 관찰하고 연구하여 서로의 다름과 같음을 알고 세상을 밝게 보고 확고한 나의 산지식으로 삼자. 나를 믿고 따라주던 제자들아 나를 깨워주어 정말 고맙다. 회갑에 가까워지는 그 제자들도 인생을 알고 있어 이해하리라!

# 마음이 편해야

　며칠 전 홀로 서울행 전철을 타게 되었다. 젊어서는 서울에 볼일이 있으면 승용차를 운전하여 이른 시간에 목적지에 도착하여 볼일을 마치곤 했었다. 나이가 차츰 들어가면서 운전을 하기가 쉽지 않았다. 졸음도 오고 허리 통증도 찾아와 고통스럽다. 한때는 종아리에 쥐가 나서 브레이크나 악셀레이더 밟기가 잘 안되는 때도 있었다. 그러다 보니 자주 휴게소에 들려 휴식을 취하는 경우가 많아져 소요 시간이 생각보다 너무 길어졌다.

　경제적 부담도 되고 시간도 많이 허비되니 차라리 대중교통 수단을 생각하지 않을 수 없다. 또한 직접 운전하다가 돌발 상황이 발생했을 때 긴급한 상황에 대처하지 못하고 사고가 나게 되면 다른 사람들에게 돌이킬 수 없는 불행을 안겨줄 수 있다. 삼 년 전 고속도로에서 구중 추돌 사고 중간에 끼어 피해자이자 가해자가 된 일도 있었다. 장거리 운전에 부담을 느껴 운전이 싫어졌다. 또 다른 이유는 승용차는 고속도로에 차량 증가로 지·정체에 따라 운행 시간이 지연되어 약속 시각을 훌쩍 지나쳐 목적지에 도착 되어 일을 망친

적도 있었다.

 이제는 서울에 볼일이 있어 갈 때는 버스와 전철을 이용하는 횟수가 점차 늘어나고 있다. 무심코 젊은이들이 앉아 있는 앞에 서서 갈 경우가 있었다. 앉아가고 싶었지만, 누구 하나 거들떠보지 않는다. 좌석에 앉아 눈을 감고 있는 사람, 고개를 숙이고 핸드폰을 열심히 보는 사람, 귀에 이어폰을 끼고 무언가 열심히 듣는 사람들뿐이다. 오히려 서 있는 내가 민망한 생각이 들었다. 그 후로는 전철을 탈 때는 노약자 좌석이 있는 곳으로 가서 있거나 자리가 나면 앉아가는 것이 마음이 편했다.

 교직 생활할 때 버스로 출퇴근을 한 적이 있었다. 출퇴근길에 직행버스를 타면 자리에 앉자마자 코를 골며 잠에 떨어진다. 정말로 피곤함에 지친 몸이었다. 아침 일찍 일어나 식사가 끝나자마자 바쁘게 집을 나와야 일과에 늦지 않는다. 저녁에는 자율학습 지도를 끝내고 집에 오면 밤 열한 시를 넘긴다. 몸을 씻고 나면 자정이 넘어서 겨우 잠자리에 들게 마련이다. 그러니 버스만 타면 피곤함에 지쳐 잠에 떨어지기 일쑤다. 잠을 자다가도 내려야 할 터미널에 가까워지면 나도 모르게 습관처럼 눈이 떠진다. 경험자이니 일터에서 열심히 일하고 퇴근하는 젊은이들을 충분히 이해한다.

 그러는 사이 앞에 앉았던 노인이 일어서서 내릴 준비를 한다. 천천히 자리를 차지하고 앉는다. 그리고 앞과 양옆을 둘러보고 이내 습관처럼 눈을 감는다. 초행길이라 그런지 자주 눈을 떠서 어느 역인가를 확인하고 주위를 둘러보고 또다시 눈을 감는다. 몸은 편안하다. 반대로 마음은 불안하다. 눈을 감고 생각에 나래를 펼친다.

　배려와 사양이 스스럼없이 이루어지는 사회, 여유가 있고 활기가
넘치는 사회, 숨김이 없고 수치를 아는 사회, 옳고 그름을 터놓고
대화를 하는 사회, 타인을 이해하고 배려하며 살아가는 삶, 아름다
운 이웃이 있어 행복한 인생. 아! 나는 오늘도 행복하다.

# 도란도란 가을밤

  젊은 시절에는 이런저런 생각을 할 시간조차도 없었다. '깊어가는 가을밤에 나 홀로 외로워…' 가을을 대표하는 노래가 조용한 거실에 울려 퍼진다. '창 넘어 텅 빈 하늘엔 휘영청 밝은 달이' 차가운 밤 외로운 마음을 끌어안고 달랜다. 아내와 둘이서 도란도란 지난 날 힘들었던 일을 되새기며 이야기를 나누며 눈물을 짓는 날도 있었다. 하는 일이 없을 때는 왠지 허전하고 무언가 잃어버린 느낌이 들어 쓸쓸함을 느낄 때도 있었다.

  어릴 적에는 늘 이맘때면 안방에는 추수하여 들여온 농작물을 가리고 손질하였었다. 일하면서도 밤이 깊어가는 줄도 모르고 온 가족이 빙 둘러앉아 도란도란 이야기꽃을 피웠었다. 거두어들인 콩 한 가마니를 방바닥에 쏟아 놓으면 토실토실한 것은 오른쪽으로 찌그러진 것은 왼쪽으로 모래알은 저쪽으로 하며 갈라놓았다. 모든 만물은 본연의 상태에 따라 등급이 매겨진다. 우리네 사람들은 어떤가 하는 일이 능력에 따라 서로 다르다. 나는 몇 등급의 인생을 살아갈 수 있을까? 고민도 해보았었다. 이렇게 가려서 실한 것은 할아버지가 시장에 내다 팔았다. 당연히 식구들이 먹는 것은 온전치 못한 것들이었다. 밤이 깊었나 싶으면 어머니는 가마솥에다 고구마를 한 솥 삶아 가져온다. 포삭포삭한 고구마는 어린 시절 선호하던 것이었다. 목이 막힐라 천천히 먹거라 하시던 할머니 말씀에 어머니는 동치미 담근 무를 쭉쭉 삐져 썰어 주시었다. 한입 물어 우물거려 넘기면 목 막힘을 방지하였었다.

깊어가는 가을밤의 정취를 경험해보지 못한 아내는 이런 이야기를 할 때면 늘 부럽다고 하였다. 그 맛을 경험하기 위하여 몇 해 전부터 어디를 가다가 가을걷이가 끝난 밭이 보이면 이삭을 줍는 것이 습관이 되어 버렸다. 이삭 주어온 농작물을 집안으로 가지고 들어오면 아내는 귀찮아하면서도 재미있어한다. 단둘이만 있으니 할 일이 없고 별 이야깃거리가 없을 때는 추억을 만들기에 좋은 일거리이다.

어느 시골길을 지나는데 가을걷이가 끝난 무밭에 무청이 널려있다. 집으로 돌아가는 길에 주워가자고 했다. 아내도 싫다는 소리를 하지 않았다. 볼일을 마치고 돌아오는 길에 그 밭에 도착하였다. 한 아저씨가 서성거린다. 밭 주인이냐고 물었더니 주인이 무청을 주워가라고 했으니 마음껏 주워 가란다. 그래도 실한 것만 골라가며 흙을 털고 일그러진 잎은 대충 떼어내어 차 트렁크에 잔뜩 주워 담았다. 갑자기 부자가 된 기분이었다. 올가을 깊어가는 밤에도 일거리가 만들어졌다.

거실에는 무청이 가득 채워졌다. 아이고 허리야 하면서 다듬는 일에서 손을 놓지 못한다. 옥상으로 올라가는 계단을 오르락내리락 하면서 바람이 잘 통하고 그늘이 지는 곳에 무청을 거꾸로 매달았다. 올해도 무청이 여기저기 거꾸로 매달려 춤을 춘다. 아내는 쉬었다 하잔다. 얼른 따끈한 생강차를 끓여 내왔다. 깊어가는 가을밤의 그윽한 정취를 한껏 느끼며 차 한 잔으로 피로를 풀었다. 우리만의 소박한 가을걷이가 되었다. 겨우내 그늘에서 말리면 초록색을 유지하며 특유의 시래기 냄새가 은은히 집안에 풍긴다. 올겨울에도 기름기 자르르 흐르는 쌀밥에 시래기 된장국이 입맛을 돋우어 줄 것이다.

해마다, 아내가 그랬듯이 가까운 친구들에 조금씩 봉투에 담아 나누어 줄 생각에 콧노래가 나온다. 행복해하는 아내의 모습에 나도 기분이 좋고 몸이 가벼워졌다. 밤은 더욱 깊어만 가고 창밖의 서쪽 하늘의 달은 싸늘한 날씨에 희미하니 저 멀리 높은 건물 옥상에 걸려 잠자는 듯하다. 벌써 구수한 시래기 된장국 냄새가 온 집안에 배어나는 것만 같다. 여수旅愁 (원제) 'Dreaming of Home and Mother' 노래가 핸드폰에서 흘러나온다. 지그시 눈을 감았다. 반복되는 느릿한 리듬으로 각종의 악기 연주는 깊어가는 가을의 끝자락 밤을 고요히 잠들게 한다. 조그만 행복 또한 품에 안기어 함께 잠든다.

# 소통疏通

아버지란 이름에 위엄이 있어야 한다는 잘못된 가부장적인 생각으로 아들에게 호되게 호통을 친 적이 종종 있었다. 전후 사정을 자세히 들어보지도 않고 다짜고짜 일의 결과만 보거나 듣고 그랬었다. 그런 일이 있어서 그런지 부자지간에 대화가 부드럽지를 못하고 일상적인 이야기만 사무적으로 대화를 마치는 경우가 많았다. 요즈음은 청춘의 나이이지만 古稀를 맞으니 지난 일들이 후회된다.

과연 상대방과의 소통은 어떻게 해야 하나 고민스러웠다. 요즈음 젊은 사람들은 어른들의 훈계를 들으려 하지를 않는다. 고리타분한 생각 다 집어치우라 하는 식이다. 우선은 대화하는 말이 이치에 맞아야 할 것이다. 그러하지 못하면 천 마디의 말을 한들 무슨 소용이 있겠는가. 앞뒤의 사정에 맞아서 떨어져야 한다. 말은 마음이 서로 통하지 않으면 한 마디도 많다 했다. 다시 말하면 말에 믿음이 있어야 한다. 믿음이 있다는 것은 말속에 이치에 맞고 말하는 사람도 그 말대로 행동하고 실천하며 솔선수범을 하는 것이다.

아랫사람이 일이 조금 잘못되었다 하더라도 관대하게 대하며 이치를 설명하면 따라 줄 것이 아니겠는가. 초등학교 선생님이 하신 말씀이 떠오른다. '운동장에 돌부리가 보이거든 발에 걸려 넘어지지 않도록 흙으로 덮어 두어라' 하시었다. 그 돌을 파내려 땅을 파면 또 다른 돌이 나오니 힘이 든다는 것이다. 그러니 아예 보이지도 않고 발에 걸리지 않게 묻어두라는 것이다.

곰곰이 생각해 보았다. 상대방의 흠집을 말하면 그 사람이 기분이 상하여 대화가 안 되니 묻어두고 좋은 장점만을 칭찬하면 대화도 잘 되며 그 관대함이 후에 내 복이 되어 들어온다는(萬事從寬 其福自厚 만사종관 기복자후) 의미로 해석이 되는 것 같다. 상대방의 단점을 트집 잡으면 기분 좋아할 리 없다. 단점은 말하지 말고 장점만을 들어 칭찬하게 되면 본인이 기분이 좋아 스스로 단점을 발견하여 고치고 장점만을 살려 나가려 노력을 할 것이다. 나 또한 더불어 채찍질하며 수신에 게을리하지 않겠는가. 서로 배려하고 스스로 득도하게 하면 상생하는 관계로 발전해 좋은 사이가 지속적으로 유지되어 소통이 원활해질 것이다. 사실 요즈음은 대화가 조금 부드러워졌다는 느낌을 받고 있다. 후회하는 마음이 조금은 덜어진 기분이다.

왜 진작 삶에서의 소통하는 방법에 터득을 못 하고 자식의 잘못을 꼬집어 교육시키겠다는 일념으로 지낸 세월이 조금은 후회가 된다. 이제 아들도 제 자식을 키워보는 위치에 있게 되었으니 아비의 마음을 조금은 이해할 것 같다. 제 자식에게는 이해해 주고 관대함을 보여 스스로 인간으로 해야 할 도리를 배워가는 부자지간에 좋은 관계가 유지되기를 바라는 마음뿐이다. 도란도란 웃음꽃 피는 가정, 희망하건대 긍정적 큰 꿈이 살아 꿈틀거리고 웃음이 쉼 없이 터져 나오는 화목한 가정이 만들어지기를 기원한다. 아들아, 며늘애야 부디 서로 격려하며 보듬어 주고 대화 많이 하고 자식들 건강하고 훌륭하게 키우며 행복하게 살아다오.

# 까치밥

　파아란 높은 가을 하늘 아래 햇살이 따사로운 오후 문우들과 감을 따러 나섰다. 고향 집 뒤뜰에도 대접 감나무가 한 그루 있었다. 늦가을이면 잎이 다 떨어지고 빨간 홍시가 듬성듬성 바람결에 흔들거린다. 낙엽이 수북이 쌓인 곳에 툭 떨어져 반쯤은 일그러진 감을 주워다 먹던 기억이 생생하게 떠오른다. 꿀맛같이 달콤한 홍시의 맛에 이끌려 빨리 가고 싶어졌다. 어느새 감나무가 있는 곳에 도착하였다.

　세 그루의 감나무가 잘 익어 탐스러운 감을 뽐내듯 가지마다 주렁주렁 달려 있다. 사다리를 든든히 고정을 하고 조심조심 발판을 밟고 올라갔다. 감나무는 가지가 쉽게 부러진다는 것을 알고 있던 터라 가지마다 흔들어 보고, 될 수 있으면 굵직한 가지만을 밟거나 잡고서 작업을 시작하였다. 장대 끝에는 감을 서너 개 담을 수 있게 굵은 철사로 동그랗게 하여 망사주머니를 매달고 있다. 감을 주머니 속으로 들어가게 한 후 장대를 한 바퀴 돌리면 가는 가지가 휘어지면서 '툭' 하고 부러진다. 이렇게 두세 번을 하고 장대를 내려 나무 아래서 기다리던 동료에게 전해주면 감을 꺼내고 장대를 다시 올려주는 반복 작업을 하였다.

　봄에 꽃을 피워 수정하고 열매를 맺는다. 뿌리는 깊은 흙 속에서 필요한 양분을 빨아올려 감을 키운다. 우리가 알 수 없는 어떤 성분이 수분과 함께 가지마다 올라와 가지와 잎을 피워 키울까? 궁금하다. 잎과 뿌리를 이용하여 깊은 땅속의 수분과 따갑게 내리쬐는 햇빛, 대기 중에 날아다니는 어떤 원소들과의 교류를 통하고 작용하여 감은 익어간다. 자연의 섭리는 정말 교묘하고 궁금하지 않을 수 없다. 지구라는 거대한 땅덩어리는 이렇게 동·식물들이 서로 먹히고 먹는 과정을 반복적으로 작용을 하면서 자라고 번식하지 않는가? 파란색으로 탄생하여 때가 되면 벌겋게 익어 사람들을 이토록 유혹하는가?

　다리는 후들거리고 목은 뻣뻣하고 나무에서 떨어질까 겁이 나, 심장 박동은 조금씩 빨라져 간다. 어느 가지는 길고 가늘어서 흔들거리며 약을 올리듯 주머니 속으로 집어넣기가 매우 힘이 든다. 약을 올리듯이 긴 장대 끝에 매달은 주머니 속으로 들어가지 않고 나 잡아봐라 하는 것 같다. 그 누가 이기나 해보자는 식으로 다시 도전한다. 목도 아프고 팔목도 힘이 빠진다. 쉬어가며 목의 뻣뻣함도 풀어주는 목운동도 하고 팔에 힘이 다시 생길 때까지 잠시 휴식을 한다. 멀리 달린 홍시를 조심조심하면서 장대를 이용하여 손아귀에 넣는다. 이렇게 먹는 홍시는 꿀맛이다.

옆집 아주머니 한 분이 밭에서 가을걷이하다가 그 광경을 보고는 까치밥도 남겨야지요? 한다. 마음속으로 괜한 욕심이 생긴 것인지, 홍시가 떨어지면 그 아주머니가 먹으려고 핑계를 대는 것 같다. 요즈음 까치는 해조류 취급을 받기 때문에 까치밥을 남겨두면 안 돼요! 라고 했다. 그 아주머니는 조금은 서운했는지 아무런 대꾸가 없다. 나 같으면 홍시 되어 떨어지면 내 얼른 주워 먹으려 했는데 라고 능청스럽게 대답했을 것이다.

아마도 까치밥이란 따기 어려운 것들 즉 따지 못한 것이 홍시 되었을 때 먹을 것이 없는 겨울철에 까치가 날아와 파먹었기 때문에 그것을 보고 까치밥이라 했는지 모르겠다. 따기 힘든 감을 욕심을 부려 작은 가지까지 올라서 사고라도 나면 어떡하나 걱정이 되어 더 이상 위로 올라가지 못하도록 그런 유머스런 말을 남겼을 것 같기도 하다.

이유야 어떻든 살아가는 세상 혼자서는 살지 못한다던데 함께 베풀며 더불어 살아가야지 하는 생각이 든다. 그래 이 정도면 한겨울에 나누어 먹을 만큼 땄을 거야 힘도 빠지고 그만해야지 하면서 나무 위를 한 바퀴 휘 둘러보니 열서너 개는 족히 남아 있다. 홍시 되어 까치밥이 되든지 이웃집 아주머니 차지가 되든지 내 알 바는 아니다.


나무 밑에서 감을 정리하던 문우님이 풀 섶에 떨어져 반쯤은 일그러진 홍시를 주어 양손에 조심스럽게 받쳐 들고 아주머니를 향하여 종종걸음으로 가신다. 베풀고 나눔의 실천을 보여주는 장면이지 않은가? 인정이 넘치는 아름다운 모습에 고맙고, 감사한 마음이 들었다. 낙엽귀근落葉歸根하고 가지 끝에 달린 홍시는 까치밥이어라.

# 제4부

# 교육이란

실수를 인정하는 사람이 가장 용기가 있는 사람이고
그런 사람이 훌륭한 지도자가 된다.
아름다운 사회를 만들려면 모두는 솔직하고
실수를 인정하고 남을 배려하는
마음을 가지고 있어야 한다.

믿음으로 다져지는 인성
반면교사 세월호
절약하는 삶
사랑의 매 어디까지인가?
선비의 삶
신뢰는 미래의 힘
실수를 용기로
약속

# 믿음으로 다져지는 인성

　요즘 많은 사람들이 학교의 위기를 이야기하고 있다. 그도 그럴 것이 학생들 사이의 폭행, 왕따, 금품갈취와 같은 학교폭력은 범죄 수준의 심각한 사회 문제로 떠오르고, 피해 학생들이 자살하는 사건이 뉴스를 통해 심심찮게 들려오고 있다. 그뿐만 아니라 학생이나 학부모가 교사에게 막말을 하거나 폭력을 행사하는 일들도 공공연히 벌어지고 있다. 우리 사회 그 어느 곳보다 희망이 넘쳐나야 할 학교가 왜 이 지경이 된 것일까?

　우리나라는 경제적으로 세계 상위권에 진입할 만큼 눈부시게 성장하였지만, 너나 할 것 없이 부를 추구하는 데 혈안이 되어 있는 동안 사회적으로 여러 문제도 함께 키워왔다. 개인주의가 팽배하고 윤리의식은 점점 약해지고 있다. 점점 핵가족이 되면서 가정이 해체되었고 이로 인하여 우리 아이들의 주위에는 세상을 함께 살아가라고, 바른 사람이 되라고 가르쳐 줄 어른이 점점 사라지고 있다. 우리 아이들을 위해서 누가 무엇을 어떻게 해야 할까? 학교에서는 가정에서 가정교육을 시키지 않고 학교에 보냈다고 한탄하고, 가정에서는 선생님들이 우리 아이들을 제대로 가르치지를 못해서 그렇다고 교사들에게 원망의 눈길을 보내면서 서로에게 책임을 전가하고 있는 것이, 안타까운 우리들의 현실이다.

나는 부모이자 교육자의 한 사람으로서 우리의 미래인 청소년들을 잘 가르쳐 사회로 진출을 시켜야 한다는 막중한 책임감을 느끼면서 학교생활을 하고 있다. '어떻게 하면 학생들을 올바른 길로 인도할 수 있을까?'에 대해 여러 가지로 고민을 하다 보면 초임 때 겪었던 경험들이 떠오르곤 한다. 그때의 제자들 모습은 아직도 나의 기억에 생생하게 남아 있고, 지금도 그들이 모임을 할 때면 나를 초청하여 당시 이야기도 하고 세상 사는 이야기도 함께 나누면서 오랜 시간 동안 좋은 관계를 이어오고 있다. 제자들과 이렇게 오랜 인연을 이어갈 수 있게 만든 힘이 과연 무엇일까? 이에 대한 대답에서 조금이나마 문제의 해법을 찾아볼 수 있을 것도 같다.

1976년도에 처음 발령받아 근무한 학교는 면 단위 중학교로 남, 여 각 학년당 2개 반씩 전체 학급이 12학급이며, 한 학급의 학생 수는 남자는 75명, 여자는 60명 정도로 구성되어 있었다. 학교가 경부선 기차가 지나가는 역 주변에 있어서 시골이지만 그래도 도시 문화를 빈번히 접할 수 있는 환경이었기 때문에 속된 말로 까부는 학생들이 좀 있었다. 그곳에서 나는 3학년 남자 반 담임을 맡았다.

교실은 콩나물시루처럼 학생들이 꽉 차 있어서 수업 중에 뒤쪽으로는 다가가서 지도하기도 어려운 실정이었다. 시간이 지나면서 남학생들끼리 싸움질이나 하고, 몰려다니며 담배를 피우다 눈에 띄어 학생과에 불려와 야단을 맞는 학생들이 점차 늘어나기 시작했다. 학생들이 공부에 열중하는 모습은 전혀 보이지 않았다. 학생들이 자기의 꿈을 갖고 그 꿈을 실현하기 위해 부단히 노력하여야 하는데, 이대로는 안 되겠다는 생각이 들었다. 고민 끝에 우리 반 아이들이 열심히 공부하는 학급 분위기를 만들기 위해 단체 기합 주기로 마음먹었다. 학생들 하나하나에 줄탁동시啐啄同時 하는 마음으로 학생을 지도하기에는 너무 어려웠다. 전체 학생에 빠른 효과를 보기 위해서는 전체기합이라는 방법이 가장 적합하다고 판단하였다. 그리고는 실행하기로 작정하였다.

하루는 종례 시간에 교실에 들어가 할 일이 있으니 모두 체육복으로 갈아입고 운동장에 집합하라고 지시했다. 그러고 나서 나도 체육복으로 갈아입고 운동화를 신고 운동장에 나갔다. 학생들은 4열 종대로 집합하여 무슨 일로 그러는지 궁금한 눈초리로 웅성거리며 나를 맞았다. "학창 시절에 아무런 꿈도 없이 공부를 뒷전에 두고 허송세월로 보내면 나이가 들어 어른이 되었을 때 정말로 고생하면서 노후를 보내야 한다. 그렇지 않으려면 열심히 공부해야 하는데 여러분들은 그런 마음의 자세가 보이지 않는다. 그래서 지금부터 열심히 공부하겠다는 굳은 마음을 갖도록 나와 함께 단체 기합을 받을 것이다"라는 내용을 요지로 하여 학생들에게 일장 연설을 시작하였다.

그리고 이어서 흔히 알고 있을 만한 단체 기합의 종류를 다 동원하여 부강역까지 다녀오는 것으로 단체 기합이 시작되었다. 뛰어

가다 걷다가, 오리걸음, 팔굽혀펴기 등등 그러나 신체를 타격하거나 모욕적인 말들은 사용하지 않았다. 오로지 정신 상태를 올바로 고치겠다는 마음으로 나도 아이들과 똑같이 기합을 받았다. 그렇게 반환점을 돌아 학교에 거의 다 왔을 때 어둠 속에서 한 무리의 사람들이 나타났고 그 무리 속에서 갑자기 이런 말이 들려왔다. "담임 새끼 어디 있어?" 이에 대한 나의 대답은 그들을 황당하게 하기에 충분했을 것이다. 나보다 15년은 앞서 살아오신 학부모님들에게 이렇게 대답을 하였다. "왜 그래 인마 나 아직 학생들에게 할 일들이 남아 있으니 가는 길을 막지 말고 저리 비켜!" 하고 소리를 버럭 질렀다. 그랬더니 학부모님들이 슬금슬금 길을 터줬다. 나는 맨 뒤에 있었기에 "앞으로 가!" 외치고 학생들의 기합을 진행했고, 학부모님들에게는 교문 앞에서 종례가 끝날 때까지 기다리시라고 전했다. 교실에 다 들어와 심호흡을 하고 다시 한번 오늘 일에 관하여 이야기를 하면서 앞으로는 서로 다투지 말고 학생 신분에 어긋나는 어떤 행동도 하지 않고 오직 공부에 열중하기로 약속을 한 뒤 종례를 마쳤다.

종례 후 곧바로 교문 앞에서 기다리는 학부모님들에게 갔다. 학교 앞에는 동네에서 유일한 가게가 하나 있는데, 그곳에서는 학용품은 물론 주류도 팔았다. 주인아주머니에게 맥주 있는 거 다 가져오라고 부탁을 하여 맥주 한 병을 따서 "학부모님들 저도 목이 타서 죽겠어요. 우리 목을 축이며 이야기합시다" 하고 한 잔씩을 따라 드리고 나도 한 잔을 마셨다. 그리고 이렇게 이야기를 했다. "우리 반 학생들이 어떤 나쁜 행동이나 잘못이 있어서가 아니고, 순전히 마음의 자세를 가다듬고 공부에 열중하고 학생 신분에 어긋나는 행동을 하지 않겠다는 약속을 하기 위하여 그야말로 단체 기합을 준 것입니다. 학생들을 아무 이유 없이 괴롭히자고 한 짓은 아닙니다. 더이상 드릴 말씀도 없고 설명할 것도 없습니다. 그러니 학부모님들이 마음대로 처리하세요." 했더니 한 학부모님이 다가서며 "선생님의 이런 마음을 모르고 저희가 성급하게 생각을 했습니다. 우리 자식들을 잘 가르쳐 준다는데 오히려 고맙습니다." 하니 다른 학부모님들도 이구동성으로 동의를 하여 오해를 깨끗이 풀게 되었다. 그후로 학부모님들과의 사이는 무척 가까워져 형님 동생처럼 지내게되었고, 농사일을 하다가도 지나가는 나를 보면 불러서 막걸리 한잔을 나누기도 하였다.

 그 뒤로 나는 희생을 각오하고 더욱 열과 성의를 다하여 학생들을 지도하기 시작했다. 이 지역 학생들은 집에서 공부할 수 있는 공간도 없고, 또한 학원도 없었다. 그래서 나는 학교에서 교실을 개방하여 공부할 수 있도록 해야겠다는 일념으로 교장 선생님께 이를건의하였다. 첫 번째 거절, 두 번째도 거절, 또다시 건의하여 세 번째에 드디어 허락받았다. 교실에 한 명이 있어도 불을 켜주고 모든교실 현관문은 1년 365일 잠그지 않는다고 하셨으니 그 허락이 획기적이었다. 감사 인사를 드리고 그날부터 학생들에게 시간 제약없이 아무 때나 공부를 하고 싶을 때는 학교에 나와서 공부하도록공지를 하였다. 그 시절에는 숙직 교사, 숙직 아저씨 두 분이 야간에 있었고 나까지 있으니 세 명이 함께 학생들이 안전하게 아무런 통제도 없이 자율적으로 공부를 할 수 있게 해주었다.

　그렇게 1개월쯤 지나면서 변화의 모습이 보이기 시작하였다. 월례 고사만 끝나면 질문을 하러 교무실로 오는 학생이 하나둘 늘어나더니 12월에는 교무실이 질문을 하러 오는 학생들로 북새통을 이루었다. 그중에 아직도 생각나는 한 학생이 있다. 한 학생이 수학 문제를 하나 틀렸는데 설명해 달라고 찾아왔다. 먼저 그 학생이 풀어놓은 것을 보고 잘못된 곳을 찾아 설명을 자세히 해주었다. 그랬더니 나에게 회초리를 주면서 종아리를 백 대 때려 달라는 것이었다. "아니 너, 치마를 입고 다니는데 종아리를 백 대 때리면 아무리 가느다란 회초리라도 피명이 들 텐데 어떡하려고 그러니." 했더니 "그래야 제가 공부를 더 열심히 합니다." 하여서 할 수 없이 서로 눈물을 흘리면서 종아리를 때렸던 기억이 있다. 2013년에는 도저히 상상도 못 하는 일들이 60, 70년대에는 있었고, 그 결과 그해 고등학교 입시에서 지역사회 전체가 깜짝 놀랄 정도로 좋은 성과를 거두었다. 이와 같은 결실은 학생과 학부모님들이 교사인 나를 믿고 따르면서 힘을 모은 결과라고 생각한다.

　나는 학부모, 학생, 교사 사이에 단단한 믿음만 있다면 학생들이 아무런 문제 없이 성장할 것이고 인성 지수도 높아질 것이라 믿고 있다. 시대가 변해서 위에 언급한 나의 사례는 현재 학교 현장에서 활용할 수도 없고, 생각지도 말아야 한다. 그렇다면 한 단계 업그레이드된 현실에 맞는 방법을 찾아내어 학생이 교사를 믿고 따르도록 하여야 할 것이다.

교장으로 근무하고 있던 학교에서는 어떠한 일이 있어도 학생을 체벌하거나 폭언 등을 하지 못하도록 수시로 교사들에게 연수하고 대신 학생들과 친해지는 방법으로 다가가도록 하였다. 우선 인사말을 '사랑합니다'로 정하고 모든 교직원과 학생들 사이에서 '사랑합니다'로 인사를 하였다. 처음에는 서로 쑥스러워하고 몸을 비틀었지만, 차츰 사용하는 횟수가 늘어나면서 매우 자연스럽게 인사말이 나왔다. 말과 함께 두 손을 머리 위로 올려 하트 모양을 그리면서 나에게 인사를 하는 학생도 부쩍 늘어나고 있었다. 때로는 "I love you" 하고 인사하는 학생도 있었다. 그럴 때 나는 "알라뷔"라고 인사하고 두 손으로 하트를 만들어 답례하였다. 학생들이 매우 정답고 즐겁게 인사를 나누는 모습이 너무나 예쁘고 귀엽다. 그런 아이들이 만들어 갈 장래는 밝고 아름다울 것 같다는 믿음이 생겼다. 또한 등교 시간에는 실내외에 조용하고 경쾌한 음악을, 점심시간에는 영어 교육 활성화 일환을 겸하는 팝송을 들려주고 있다. 한층 더 학생들이 표정이 밝아지고 즐거움을 느끼고 있는 모습이 보였다. 졸업생은 졸업식 전날 팝송 합창대회를 열어 시상금도 주고 격려도 하고 졸업식 전 행사로 제일 우수한 한 반을 팝송을 졸업식에 참여한 모든 분들에게 선을 보여 색다른 졸업식을 꾸미기도 했다.

어떤 사회라도 문제는 항상 존재하며 완벽할 수는 없다. 중요한 것은 사회구성원들이 어떤 자세로 그 문제를 대하고, 더 나은 방향으로 나아가기 위해 얼마나 힘을 모으느냐다. 서로 불신하며 책임을 떠맡기고 회피하는 자세로는 우리의 미래를 장담할 수 없다.

교사가, 부모가, 그리고 우리 어른들이 서로에 대한 신뢰를 바탕으로 수기치인修己治人까지는 아니더라도 학교 구성원 모두가 상대방을 믿고 신뢰를 할 수 있는 한 단계 업그레이드된 방법으로 우리 학생들을 지도하고 교육한다면 정말로 선진국 수준에 맞는, 민주 시민으로서의 자질을 갖춘 21세기 글로벌 인재를 키울 수 있을 것이다.

3월, 언 땅이 녹고 봄소식이 여기저기 들려오기 시작한다. 겨울 동안 잠잠했던 학교도 새 학년을 맞은 학생들로 다시 활기가 넘쳐날 것이다. 교육 현장에도 여기저기 어둡고 서글픈 소식이 아니라 따뜻하고 밝은 소식들이 들려오기를 기대해본다.

# 반면교사 세월호

 4월 16일 대한민국 전 국민이 놀람과 숙연함으로 하루를 보내고
그 후로 일 년여 동안 어느 하나 작은 행사나 학생들의 체험학습 등
축제 분위기는 모두 취소 또는 자제하는 분위기로 바뀌어 경제마저
도 어려움을 겪고 있었다. 그렇게 일 년이 지난 오늘도 아무런 문제
의 해결은 되지 않고 또 다른 국내 사회 갈등으로 이어지고 있다.

 이번 주말도 세월호 사고 후 학생들의 체험학습 활동을 진행하고
인솔하시는 관계자를 대상으로 하는 안전한 체험학습을 마무리할
수 있도록 하려는 안전 연수의 강의를 맡고 강의실로 들어선다.
 이 연수에서 '학교 교육과정과 학생의 이해'라는 주제로 두 시간
의 강의를 맡고 진행하고 있다. 강의 내용은 내가 지내 온 학창 시
절과 교직 생활에 걸쳐 있었던 안전사고 발생 건과 이에 대처를 잘
하여 문제가 되지 않았던 사례들을 들어 현실감 있게 수강하시는
분들에게 학생들을 어떻게 이해를 하고 지도를 해야 하는가에 도움
을 주고 있다.

아직도 세월호 사고 해결이 되지 않는 것은 어디에 문제가 있는가를 짚어본다. 편협한 생각일 수도 있지만, 정부에서 원만히 해결하자고 노력하는 것 외에 많은 국민들이 빨리 수습이 되라는 뜻으로 도움의 손길을 보냈었다. 그러나 사고를 낸 회사의 대표라는 사람과 그를 추종하는 00종파 신도들은 자기들의 재산만 지키기 위해 혈안이 되어 갖은 몹쓸 행위들을 해왔다. 그리고 00종파 수장이자 사고를 낸 세월호를 운영하던 회사를 뒤에서 조종하는 유00은 재산 일부를 빼돌려 외국으로 도망가려고 도피행각을 하다 결국 산속에서 싸늘한 시신으로 발견되었다. 이 모든 일을 방송사들은 생중계 방송을 하듯 앞다투어 취재를 하고 방송을 내보냈다. 대한민국의 수치이다. 정말 안타까워 항의라도 해보려고 안성 종파 본기지를 찾아갔었다. 정문 입구에는 물론 도로에까지 취재진 경찰 그리고 신도들의 삼엄한 가로막음에 들어가서 항의도 못 하고 씁쓸히 되돌아 내려왔다.

나는 이 모든 작태를 보면서 분노를 느끼는 것이다. 또 하나는 사고 가족들은 왜 정부만 상대로 자기들의 목소리만 높이고 있는가. 불법을 자행하면서 자기들의 이익에만 급급했던 세월호를 운영해온 회사나, 그 회사를 뒤에서 조종하는 00파 종파들에게는 아무런 보상의 목소리를 보내지 않는가. 문제 해결은 문제를 일으킨 당사자들과 직접 대화하여 해결 방법을 찾는 것이 우선이 아닌가. 이때 부족한 부분이 있다면 정부에서는 다양한 방향에서 지원하면 되는 것이다.

문제 해결의 키는 00 종파 신도들에게 달려 있다고 본다. 지금이라도 늦지 않았으니 하루빨리 이들이 나서야 한다. 여행을 가기 위해 또는 생업을 위해 세월호에 승선하여 사고를 당한 가족들에게 진정어린 사죄의 뜻을 전달하고 자기들의 모든 재산권을 포기하고 보상하겠다는 자세를 보여야 한다. 이렇게 되면 다는 아니지만, 세월호 사고 가족들이 조금이라도 마음에 치유가 되지 않겠는가. 보상액이 문제가 아니다 이들의 마음을 보듬어 주고 헤아려주는 것이 우선이기 때문이다.

그리고 세월호 사고 가족들에게도 하고 싶은 말이 있다. 모든 국민들의 마음이 어떻게 움직이고 있는가를 알아야 한다. 너무 과하고 긴 세월 동안 보상과 후속 대책에 대하여 과격하게 요구하는 것이 아닌가? 뼛속까지 아픈 마음이야 누가 모르랴, 대한민국의 사회 갈등을 다소나마 해소를 하고 경제 발전과 건전한 정치 발전을 위해서라도 이제는 아픈 마음을 삼키고 타협해야 한다고 생각된다. 그분들에게 조심스럽게 제안하는 바이다.

그리고 판교의 환풍기 사고가 났을 때 언론과 정치권에서는 너나 할 것 없이 안전요원을 배치했는가? 사전에 시에 행사 동의를 얻었는가? 건축물은 설계대로 지어졌는가? 이 세 가지에만 매달려 떠들썩했다. 그런데 여기에 한 가지 더 중요한 사실이 있다. 내가 직접 그 현장을 가보지는 않았지만, 그 환풍기 벽에는 올라가지 말라는 글귀가 있었다고 한다. 관람하러 모여든 사람들이 앞다투어 유명 가수의 얼굴을 한 번이라도 더 보고 싶어서 그랬는지 좀 더 높은 곳으로 올라갔다. 그러나 그곳은 올라가서는 안 되는 곳이고 안내 방송도 한 것으로 안다. 그 규칙을 지키지 않은 것이 가장 큰 문제라고 생각한다. 이 행동이 바로 국민 안전의식 수준을 말하는 것이다. 규칙이나 질서를 지키지 않은 사람에게도 운전자가 교통법규를 지키지 않으면 영락없이 범칙금이 나오는 것처럼 반드시 그에 맞는 벌칙이 있어야 한다는 것이다. 그래야 국민들의 안전의식이 높아지게 되지 않겠는가?

이제는 더 이상 우리 대한민국에서 모두가 책임 의식을 갖고 행동하여 다시는 국민의 가슴을 졸이게 하고 아프게 하지 말자. 그리고 개인이나 단체 또는 회사든 정부든 잘못을 인정하고 책임지는 자세를 보였으면 한다.

# 절약하는 삶

　교직 생활 사십 년이 되었다. 학생들 앞에서 단정한 모습을 보여 주려고 신경을 썼었다. 이제 퇴직을 하니 그런 걱정은 조금 덜어진 기분이다. 가는 장소와 만나는 사람, 하여야 할 일을 생각하며 입고 나설 옷을 찾는다. 되도록 편안한 복장을 선택한다.

　하루는 취미생활 하는 동아리 연습실로 나섰다. 전에 입었던 오래된 옷을 입었다. 연습실에 들어서는 순간이었다. 테이블에 둘러 앉아 좌담하시던 나이가 비슷한 한 분이 "옷이 그게 뭡니까?" 하였다. 나에게 남의 눈에 추레하게 보이게 다니지 말라는 진심 어린 충언이라고 받아들였다. 고맙다는 생각이 먼저 들었다. 나는 평생을 지켜온 생활 철학을 말하고 싶어서 대뜸 "뭐가 어때서요?" 하니 "요즈음 유행하는 옷을 입고 다녀야지요?" 한다. 궁상떨지 말아라. 하는 말이다. 나는 곧바로 받아서 "그렇게 생각하세요? 저는요 깨끗이 빨아서 단정하게 입고 다녀요. 유행을 따라다니지 않아요" 했다.
　이어서 나의 생활 철학을 장황하게 늘어놓기 시작했다. 저는요 교사 시절에 학생들에게 세 가지 유행병에 걸리지 말라고 당부를 해왔지요. 하나는 최근에 신약이 발견되지 못해 고치기 어려운 몸의 병(그 당시 에이즈)이고, 두 번째는 유행하는 옷 따라 입고 다니기, 세 번째는 머리 모양 꾸미기이지요. 첫 번째는 젖혀 놓고 두 번째 세 번째 유행병에 걸린 학생들은 공부에는 관심 없고 겉치레만 생각하지요. 수업 시간에 손거울도 자주 봐요. 그래서 유행병에 걸리지 말고 공부에 신경을 써야 한다는 뜻이었지요. 그리고 그때는 소비 절약 운동을 한창 벌이던 때이었지요. 유행하는 옷을 사 입게 되면 유행이 지난 옷은 버리게 되지요. 경제적 관념에서 어떻게 보면 낭비하는 습관을 기르게 됩니다.

버린다는 것이 그저 간단하게 생각해서는 안 된다. 소비 절약에도 어긋나고, 쓰레기가 생산되어 깨끗한 지구를 보존하는 데 악영향을 준다. 새로운 상품의 생산과 버려진 쓰레기 처리 과정에서 공기 질 저하, 토양 및 수질 오염, 자원 낭비 등 그 폐해가 이루 말할 수 없이 많다. 그뿐인가? 가정 경제에도 어려움을 주지 않는가. 우리나라가 언제부터 잘 먹고 잘 입고 살았나. 요즈음 도시 주변에 명품 옷을 파는 가게들이 넘쳐나고 할인 판매(Sale)라는 명목 아래 소비를 부추기고 있다. 옷이란 나의 몸에 맞고, 깨끗하고 단정하게 입으면 된다. 때와 장소 하는 일에 따라서 그 격에 맞는 옷을 입으면 된다. 유행을 따라 입지는 않는다. 나의 생활 철학처럼 여기고 살아왔노라 설명했다.

특히 학창 시절에 옷이나 머리 즉 외모를 아름답게 치장하는 일에만 신경을 쓰는 사람은 내면에 충실하지 않게 되더라.라고 제자들에게 지도하는 말들이었다고 설명했다. 제자들에게 평생을 강조해온 사항을 나부터 실행해온 습관을 지금껏 유지해왔고 앞으로도 그렇게 할 것이다.

사십 년 가까이 함께 살아온 아내도 내 절약하는 삶의 철학을 알면서도 가끔 잔소리한다. 오래된 옷 그만 입고 버리란다. 이 옷을 왜 버려! 밭에서 일할 때 입으면 된다고 했다. 실제로 옷이나 운동화는 마지막으로 밭에서 일할 때 사용하고 버려진다. 현재 집에 있는 옷은 죽을 때까지 다 입지도 못한다. 바지를 하나 사 왔다. 앞으로는 내 허락 없이 옷을 사 오지 말라고 당부했다. 그렇게 하겠노라고 다짐받았다.


요즈음 주변 사람들 입에 자주 오르내리는 말이 있다. '살면 얼마나 산다고 궁상을 떠느냐?' 한다. 그 말은 나 하나만을 생각했지, 후손들에게 배려하는 마음은 조금도 하지 않은 것으로 생각이 든다.

아내와 약속을 또 하나 했다. 우리가 더 이상 입을 수 없는 옷가지는 깨끗이 빨아서 우리나라 보다 못사는 나라에 여행을 갈 때 가져가서 필요한 사람들에게 나누어 주자.

필리핀을 여행을 가게 되었다. 약속한 대로 적어서 못 입거나 오래되어서 잘 입지 않는 옷을 한 상자 꾸렸다. 노인들이 모여 사는 양로원을 방문하여 봉사활동도 하고 가지고 간 옷을 내놓았다. 내가 입지 않는 옷이라 송구스러운 마음이라고 하면서 전했다. 받으시는 분은 정말 고맙다고 인사를 한다. 다행이었다. 주고받는 마음이 즐거우니 다행이었다.

어제는 크기가 조금 몸에 맞지 않는 티를 손수레를 끌며 과일을 파는 아저씨에게 입겠느냐고 물으니 입겠다고 하여 주었다. 고맙다는 인사까지 받았다. 그는 생활이 매우 어렵다고 동네 사람들에게 들었다. 버려야 할 것은 유행이 지난 물건들이 아니라 낭비하는 습관이다.

# 사랑의 매 어디까지인가?

　누구나 초등학교 시절 노트 검사를 받아 보았을 것이다. 담임교사는 검사 평을 자필이든 도장이든 표시를 하여 격려를 하고자 함이며 결과물의 등급을 정하기도 한다. '참 잘했어요' '글씨를 예쁘게 참 잘 썼어요' 등이었다. 어린 마음에 평을 받고 나면 기분이 으쓱해진다. 그래서 더욱 열심히 하고 싶은 마음이 생긴다. 대통령이 되고 싶은 꿈을 갖기도 한다. 학생들은 담임교사로부터 칭찬을 받고 싶은 것이다.

　중고등학교 교사로서 어린 초등학교 학생들에게 표현하는 것은 낯간지러워 쓸 수가 없었다. 숙제 검사를 할 때는 등급만을 표시하였다. 'A', 기분이 으쓱하였을 것이다. 여름방학 수학 숙제는 양이 상당히 많은 편이다. 문제를 쓰고 풀이 과정을 처음부터 답이 나올 때까지 상세히 기록을 하여야 하기 때문이다. 그것도 하루에 10문제씩이다. 성실히 숙제한 학생은 공책 한 권이 넘는 학생도 있었다. 하기 싫은 어떤 학생은 간단한 문제를 선택하여 풀이 과정이 짧아 그저 몇 장이 되지를 않는다. 그런 결과물은 당연히 검사 결과는 'F'이다.

충남 당진의 모 중학교에서 근무할 때이었다. 여름방학이 끝나고 개학 첫 시간은 한 달 만에 만나 인사를 나누고 곧바로 숙제 검사에 들어갔다. 그러니 학급마다 숙제 검사를 받는 날이 다르고 삼일 정도는 지나야 모든 학급 학생들의 검사를 마친다.

하루는 여학생반의 검사 시간이었다. 일 번부터 차례로 노트를 앞으로 가지고 나오면 마주 보며 한 장씩 넘기며 풀이 과정이 틀린 곳이 있나, 성실히 잘 해왔나 등을 살피며 넘기어 마지막에 등급을 적는 것이었다. 몇 장을 넘기려는데 어 이거 한번 본 노트인데.라는 직감이 머리를 스친다. "이거 누구 공책이야, 빌려 왔지, 솔직히 말해" 학급 분위기가 갑자기 조용해졌다. 학생의 대답은 솔직했다.

이 학생은 본인이 자칭 나를 좋아한다고 전교생에게 소문을 퍼트리고 어떤 여학생도 내 곁에 와서 대화를 못 하게 하였었다. 응대 없는 혼자만의 짝사랑이지만, 그런 학생이 나를 속이려 들다니 무척 화가 났다. 더구나 그 학생은 수학 교사가 꿈이라는 것을 나에게 이야기를 한 적도 있었다. 수학 교사가 되려는 학생이 이러면 안 된다는 생각이 났다. 단단히 혼을 내주어야 후에 훌륭한 수학 교사가 되리라는 마음에서 사랑의 매를 치기로 하였다.

본인이 매수를 세도록 하였다. 종아리는 점점 꺼멓게 멍이 들기 시작하였다. 내 눈은 그 학생을 똑바로 응시를 하였다. 이를 악물고 눈물을 참는 모습이 독하구나 하는 생각이 들기도 했다. 교실 안의 모든 학생들은 책상에 엎드려 울고 있다. 진작 본인은 눈물을 참고 매를 견디고 있는데 왜 다른 학생들이 모두 울고 있는가? 의구심이 났다. 이 일로 인하여 모든 학생들에게 철저한 훈육이 되리라는 마음으로 그렇게 했던 것이다. 학생들은 엄격하게 학생들을 다루는 교사구나 하는 생각을 하였을 것이다. 사실 나는 실수가 아닌 잘못한 일에 대해서는 용서를 하지 않는 훈육적 마인드를 가지고 있다. 요즘 같으면 엄두도 못 내는 사랑의 매가 아니었든가?

며칠이 지났다. 해당 학급 실장을 불러 자세히 물어보았다. 본인은 울지도 않고 매를 다 맞았는데 다른 학생들이 대신 왜 울어 주었는지 물어보았다. 대답은 이러하였다. 첫째, 선생님은 공책을 빌려 왔는지 모를 것이다. 둘째, 빌려 온 것을 알아차렸어도 모르는 척 넘어가 줄 것이다. 셋째, 알아차렸더라도 벌을 주지 않을 것이다. 좋아하는 사실을 알고 있으니까.라는 가정을 하고 학급 전체 학생들 사이에 내기를 걸었다는 것이란다. 일부러 자기 숙제는 가방에 두고, 이미 검사가 끝난 학급의 필체가 비슷한 학생의 공책을 빌려와 맨 뒷장을 표시가 나지 않도록 오려내고 본인 것인 양 위장을 하였다는 것이다. 순간 아하! 큰일이 벌어질 뻔했구나, 만약 계략에 속아 넘어갔다면, 알고도 모르는 척했다면, 알고도 용서를 했다면 나는 어떤 교사로 그 학생들에게 각인되었을까? 사심으로 편애하는 교사로 낙인이 찍혀 제자들과의 관계가 어색하고 어려웠을 것이다. 정말 놀라웠다. 교사를 저울에 올려놓고 그런 식으로 테스트할 줄이야 꿈에도 몰랐다. 어려운 문제를 질문하여 교사를 골탕을 먹이려는 일들은 많이 겪어 보았지만 말이다. 학생들 생각대로 되지를 않았기에 학생들은 놀랐고 친구를 어렵게 만들었다고 하는 생각에 모두는 울었던 것이란다. 다행이었다. 최소한 편애는 하지 않는 교사로 보아줄 것이다.

　그 일로 인하여 우후지실雨後地實이듯 사제지간의 정은 더욱 두터워졌다. 내 말이면 모두 잘 따라 주었고 수학 공부도 더욱 열심히 하는 모습을 보여주었다. 나 역시 최선을 다하여 수학 교과 지도하였다. 해당 학생의 부모에게도 전화하여 사실대로 이야기해 주고 훌륭한 수학 교사가 되었으면 좋겠다는 말까지 하였다. 그는 고맙다는 말과 어떻게 선생님을 좋아하는데 그럴 수가 있는 것인가 용서를 빈다는 말을 전했다. 나에게 호되게 벌을 받은 학생 부모에게 항상 전화를 걸어 자세히 자초지종을 말해주었다. 그래야 서로의 오해도 풀리고 교육 차원에서 긍정적인 효과를 보기 때문이었다.

　교사 시절 호되게 벌을 받은 학생들은 오래도록 기억에 남아 있고 가끔은 연락이 되기도 한다. 그 학생은 한 해를 마치고 충북으로 도간 전출을 해오는 바람에 연락이 끊기었다. 원망은 하지 않았을까? 고맙게 생각하고 있을까? 삼십 년이 다 되어 가는 지금도 그때의 그 일을 가슴에 새겨 놓고 있을 것이다. 잘못된 일이다, 라는 것을 알았으면 대화로 지도를 해야 했는데 후회도 된다. 청소년기 성장 과정에서 긍정적 밑거름이 되어 모범적인 중년 사회인이 되어 있기를 바라는 마음을 지금도 가지고 있다. 혹시 중학생 딸이 있어 올곧게 자라주기를 바라는 마음에서 자기의 학창 시절 이야기를 들려주고 있지는 않을까? 훌륭한 수학 교사가 되어 제자들을 폭넓은 사랑으로 교육하기를 간절한 바람이 있을 뿐이다. 그때의 사랑의 매를 후회하며 모든 교사가 사랑의 매라는 이유라는 체벌도 없이 학생의 심정을 깊이 이해하고 사랑으로 대화하는 사제 간에 즐거운 학교생활이 되기를 희망한다.

# 선비의 삶

유난히도 무덥던 긴 여름도 북쪽의 찬 기운에 밀려 기온은 낮아지고, 높고 푸른 가을 하늘이 나를 불러 외출을 하였다. 고속도로를 벗어나 지방도로 들어서 주행속도가 느려지니 차창 밖의 시골 풍경은 새롭게 보이고 어릴 적 뛰어놀던 그리움이 밀려온다. 융단을 깔아놓은 듯 푸른 잔디 위에서 함께 뒹굴던 친구들이 하나씩 하나씩 얼굴이 떠오르는 것은 보고픔이 아닐까. 산과 들에는 청춘의 상징인 푸르름이 사라지고 울긋불긋 색동옷으로 멋스럽게 갈아입느라 주변은 야단법석이다. 옛 선현들의 정신을 조금이라도 배우고 따르고 싶었던 생각에 선비들이 많이 살았던 선비의 고장 영주에 자리한 소수서원을 찾았다.

서원은 소백산 자락을 뒤로하고 앞으로는 낙동강 원류인 죽계천이 흐르는 풍경이 빼어난 곳에 자리를 잡았다. 고려 말의 유현儒賢 동방 신유교 비조鼻祖 안향安珦 선생의 사묘祠廟를 중종 37년(1542)에 세워 선생의 위패를 봉안하고 다음 해에 학사를 건립 백운동서원이라 하였다. 사묘의 현판은 문성공묘文成公廟로 되어있는데 이는 서울의 종묘宗廟와 함께 묘지를 사용한 것은 임금에 해당하는 큰 인물로 인정을 받았기 때문이란다. 그 후 명종 5년(1550)에 퇴계 이황 선생이 군수로 재임 시 나라에 건의하여 왕으로부터 소수서원紹修書院이란 사액賜額을 받게 되어 최초의 사액 서원이 되었단다.

옛 유생들은 이곳 소수서원에서 유숙을 하면서 경관이 뛰어난 자연과 함께 숨을 쉬며 학문을 배우고 익히며 선비로서의 자질을 갖추기 위하여 도와 경을 바탕으로 수신을 하는데 한 치의 게으름이 없이 인격함양에 심혈을 기울였을 것이다. 선비의 자질은 학문을 깊이 연구함은 물론 격물치지 성의 정심은 수신의 기본이었을 것이다. 인간 본성인 4단 인의예지仁義禮智 발현이 자연스럽게 이루는 경지에 이르면 과거를 거쳐 벼슬길에 오르게 하였단다.

옛 선비들이 살았던 선비촌을 둘러보았다. 큰 기와집이 있는가 하면 자그마한 초가집들도 있다. 선비들은 자신들이 처한 환경에 잘 적응하고 자연 친화적 삶 속에서 분수껏 살았을 것으로 짐작이 간다. 선비들은 가난하나 부족하지 않았고, 소박하며 사치를 하지 않았음을 정갈한 살림살이를 보아 알 수가 있다. 시계를 거꾸로 돌릴 수 있다면 오백 년 전으로 돌아가 가난한 선비가 되어 살아보았으면 하는 생각에 잠시 잠겨본다. 과연 불편함을 참아가며 살 수가 있었을까? 재력이 있던 선비의 집은 학자로서 품위를 지키고 학문을 연구함은 물론 자연에 어우러져 자연과 함께한다는 깊은 의미를 품은 건축이다. 자연 친화적이면서도 건강을 고려한 설계는 멋 또한 격에 맞게 날렵하게 건축됐다. 이런 곳에서 하룻밤을 묵으며 고전을 읽고 조선 시대 선비 생활을 체험을 해보기로 마음속으로 다짐을 하고 발길을 옮겼다.

　죽계천 변 평평한 바위 벽면에는 경敬 자가 크게 암각이 되어있다. 주세붕 선생이 직접 쓰고 새겼단다. 유교의 근본 사상인 경천애인敬天愛人의 머리글자로, 구차한 것을 물리치거나 사악한 마음을 막는 것 즉, 修己必敬, 立事必誠(자기를 고치고 다듬는 일은 반드시 공경으로써 하면 반드시 정성이 깃들어져 일이 확고하게 선다)의 가르침으로 본받으라는 의미로 후세에 알리려는 뜻이 담긴 것 같다.

　경천애인敬天愛人의 가르침을 마음속 깊이 간직하고 박물관으로 들어섰다. 입구 안쪽 탁본 체험장이 있어 얼른 거기로 갔다. 체험 목판의 글자는 네 글자로 된 한자이었다. 탁본하는 순서를 자세히 설명된 것을 보고 순서대로 정성 들여가며 작업을 마치고 조심스럽게 떼어내 글자를 읽어 보니 연비어약鳶飛魚躍이었다. 얼른 해석해보았다. 솔개들이 하늘을 유유히 날고 호수에서는 물고기가 여기저기서 뛰어노는 형상을 그려볼 수 있다. 자연의 아름다움을 설명하는 것 같다. 각자 본연의 임무를 성실히 수행할 때 세상이 아름답고 무리 없이 모두가 행복해진다는 뜻이 담겨있는 것 같다. 숙연해지는 마음, 울컥하는 마음을 높은 가을 하늘을 향하여 날리고 싶다.

　산천을 아름답게 보이건만 우리가 사는 인간사는 어찌 된 일인지 하루가 조용하지 않고 매일 시끄러운지 하늘을 유유히 나는 솔개에게 부끄러움을 감출 수가 없다. 속과 겉이 다른 위선자 한 명

때문에 온통 난리다. 나라의 지도자라면 옛 선비의 올곧은 정신을 이어받아 국민의 사표가 되어야 한다. 다스림을 펼침에 있어 한 치의 부끄럼 없는 언행으로 국민으로부터 존경받고 그의 말에 따르는 세상에서 마음 편히 살고 싶다는 생각에 눈가에 뜨거운 눈물이 얼굴을 적시고 있다. 정말 왜 이럴까! 왜 이래야만 하는가? 격물치지格物致知 성의정심誠意正心 수신제가 치국 평천하修身齊家 治國 平天下를 그려본다.

# 실수를 용기로

어제는 뉴스에서 일본 중학생이 자살했다는 소식을 접했다. 생활기록부 생활면에 타 학생의 부정적인 내용을 담임교사가 잘못 입력하는 바람에 고등학교 진학을 거부당했다는 이유이었다. 조그만 실수였다고 할 수 있지만, 당사자에게는 치유가 될 수 없는 상처로 남을 수 있다. 학교 측에서는 전 일본 국민을 상대로 사죄를 하였다. 이 뉴스를 접하면서 잊을 수 없는 실수로 벌어진 일이 떠올랐다.

초임 교사 시절이었다. 중학교 3학년 과정을 마치고 나면 졸업을 앞두고 졸업사정회를 하고 학생들의 생활기록부가 정리가 된다. 성적을 기록하기 위해서는 매 학년 말에 일 년 동안의 모든 교과의 성적을 합산하여 학급 석차, 학년 석차를 낸다. 이런 작업을 하기 위해서는 지금과는 달리 컴퓨터가 없던 시절이라 주판을 튕겨가며 합산을 하였다.

전체 석차를 내었더니 학년 말 석차가 2등이 되었다. 이상하다고 생각하였지만, 사정회를 하는 날까지 성적처리를 하는 기간이 매우 짧아 더 이상 검토를 할 겨를도 없이 회의를 마쳤다. 다른 반 학생이 1등이 된 것이다.

종례를 마치고 해당 학생을 불러 조용히 이야기하였다. 네가 매월 1등을 해왔는데 어쩐 일인지 학년말 석차가 2등이 되었다 하고 말해주었다. 그 학생은 고개를 갸우뚱하였다. 무언가 이상하다는 표정이었다. '기다려 보아라' 하고 마음을 다독여 주고 귀가를 시켰다.

이대로는 있을 수 없어, 일 년 치 성적 산출 자료를 모두 챙기어 집으로 가져왔다. 3월분부터 일일이 다시 대조하면서 계산과정을 확인하였다. 전 과목을 확인하는 과정은 만만치가 않았다. 그렇지만 확인을 하지 않고는 잠을 잘 수가 없었다. 인내심을 가지고 꼼꼼히 살폈다. 그 시기에는 성적 기록을 수기로 하였다. 그러니 교사마다 숫자를 쓰는 모양이 제각각이었다. 각 과목 교사가 적은 점수를 성적전표라는 용지 한 곳으로 옮겨 적는 일은 담임교사가 한다.

아뿔싸! 잘못 옮겨 적었구나. 발견을 하였다. 공부를 제일 잘하는 이 학생이 이런 점수가 나올 수가 없지, 생각하고는 자세히 들여다보았다. 한문 교사가 적은 9자가 7자 모양 같아 오기를 한 것이다. 한문 교과 점수가 98점을 78점을 잘못 옮겨 적은 것이다. 다행이었다. 정말 다행이야. 그제야 새벽녘에 잠을 잘 수가 있었다.


다음날 출근을 하자마자 어젯밤 한 일을 소상히 사실을 이야기하고 나의 실수에 대하여 용서를 빌고 재사정회를 요청을 하였다. 모든 선생님께서 오류를 찾았는데 당연히 수정하고 재사정회를 하여야 한다고 동의를 해주었다. 정말 고마운 생각이 들었고 감사했다. 교장 선생님의 재사정 결정을 하시고 점수 기록 오류 확인을 거쳐 수정을 하게 되었고, 재사정회에서 우리 반 학생이 1등을 하게 되었다.

그날 해당 학생을 종례 후 교무실로 불러 그동안의 이야기를 소상히 해주었다. 그리고 나의 실수로 인하여 너에게 큰 아픔을 안겨줄 뻔했다. 하루 동안이라도 네 마음을 편치 못 하게 해주어 미안하다는 말까지 해주었다. 학생은 오해가 풀렸다는 듯 머리를 긁적거렸다. 이 광경을 본 옆 좌석의 교사가 "너의 담임이 실수를 인정하고 이렇게 바로 잡을 수 있었으니 다행 아니냐? 오해하지 말기를 바란다." 하며 거들어 주었다.

며칠이 지났다. 가벼운 마음으로 퇴근을 하려고 교문을 나가려는데, 이게 누군가 그 학생이 학교로 오고 있는 것이 아닌가, 어쩐 일인가? 아버지는 지게를 지고, 어머니는 머리에 이고, 누나는 손에 들고 넷이서 오지를 않는가? "웬일이세요! 아버님." "제가 오해를 했었습니다. 선생님 용기에 정말 고맙습니다. 그래서 이렇게 선생님들께 고맙다는 인사를 하려고 왔습니다." 하시었다.

모든 직원들이 다시 교무실로 모이게 되었고, 떡과 고기, 직접 빚은 동동주 등 푸짐하게 준비한 음식으로 그동안의 피로를 풀게 되었다. 교무실에서 오랜만에 화기애애한 목소리가 여기저기서 들려왔다. 왠지 마음 한구석에는 미안한 생각이 떠나지 않았지만 학생 부모님과는 많은 환담을 나누게 되었다.

그 후로 나는 항상 학생들에게 입버릇처럼 해온 말이 있다. 실수를 인정하는 사람이 가장 용기가 있는 사람이고 그런 사람이 홀

릉한 지도자가 된다. 아름다운 사회를 만들려면 모두는 솔직하고 실수를 인정하고 남을 배려하는 마음을 가지고 있어야 한다. 경제적으로는 부강한 나라이지만 아직도 선진국이라는 소리를 듣지 못하는 이유가 바로 시민의식이 떨어지기 때문이란다. 나는 옛일을 되돌아보며 또 한 번 수기안인修己安人 하는 사람이 되는 계기로 삼고자 한다.

# 약속

눈이 오는 겨울 경치를 구경하기 위해 몇몇 지인들과 놀러 가기로 약속을 한 일이 있었다. 그 약속은 기분 좋은 일이 있는 날로 하기로 하였다. 소주 한잔을 기울이며 좋은 감정을 계속 이어 가려는 마음에서 말이 나왔다. 모두 대환영하고 날짜와 장소를 잡았었다. 이십 여일 정도 앞두고 잡은 약속이라 모두 잘 지킬 것으로 생각했다. 겨울 여행이라는 기대와 마음이 맞는 사람과 함께 한다는 것에 꿈에 부풀어 그날이 오기를 손꼽아 기다렸다.

약속 5일 전에 여행을 추진하려고 전화를 잡는 순간 전화벨이 울렸다. 상대방이 먼저 전화를 해와 무척 반가웠다. 서로의 그동안의 안부를 묻고 여행 이야기했는데 약속을 까맣게 잊고 있었다. 약속한 그 날짜에 다른 사람들과 여행을 가는데 동행하자는 제의였다. 지난번 함께 하려던 일부 사람들이었다. 한두 명은 연락이 되지를 않고 한 명은 갈 수 없다기에 동참을 허락하였다. 문제는 여기서 발생이 되었다. 한 사람이 먼저 한 약속을 어떻게 헌신짝 버리듯 깨버리고 새로운 약속을 하느냐는 항의가 있었다. 그 사람의 의견이 전적으로 맞는 이야기다. 동의는 하지만 한두 명이 연락이 안 되고 한 사람은 못 간다고 하니 어차피 약속 이행이 어렵게 되었으니 새로운 약속에 동참할 수밖에 없었다는 설명으로 대신에 하였지만 내심 편치는 않았다. 다음에 기회를 잡아 추진하자고 설득하여 언짢은 기분을 조금이나마 이해하였다.

에머슨은 "누구나 약속을 하기는 쉬우나 약속을 이행하기란 쉬운 일이 아니다"라 했다. 들뜬 마음에 약속은 쉽사리 했지만 날짜가 지나감에 따라 각자에게 다가오는 일들은 마음먹은 대로 전개되지 않을 수 있다. 또 다른 상대의 관계에서 피치 못하게 먼저 한 약속을 어길 수밖에 없는 상황도 있을 수 있다. 나 또한 그런 경험들이 요즘 들어 자주 일어나곤 했다. 친구들과 어울려 당구를 친다거나 식사하자는 약속을 해놓았다. 아버님께서 갑자기 전화하시어 함께 어디 좀 가자고 하면 아버님 부탁을 거역할 수가 없다. 하는 수 없이 친구들과의 약속을 쉽게 깨버린 일들이 있었다. 그럴 때 친구들이 연세도 많으신 부모님이 부탁인데 안 따를 수 없지. 하며 이해를 해주어 다행이었지만 미안한 감정은 항상 남아 있다. 미국인이 가장 존경하는 기업가 앤드류 카네기는 "아무리 보잘것없는 약속일지라도 상대방이 감탄할 정도로 정확히 지켜야 한다. 신용과 체면 못지않게 중요하지만, 약속을 어기면 그만큼 서로의 믿음이 약해진다. 그러므로 약속은 꼭 지켜야 한다"라고 말하였나 보다.

즐거운 마음으로 여행을 다녀왔지만, 집에 돌아와 생각해 보니 함께하지 못한 지인에게 미안한 마음이 가시질 않는다. 세상을 살아가다 보면 약속할 일들이 수없이 일어나고 약속을 이행하거나 그렇지 못할 경우도 수없이 일어날 수 있다. 약속을 반드시 지키겠다는 굳은 마음으로 임해야 한다. 약속 이행이 어렵다는 핑계로 약속을 안 할 수는 없지 않은가? 신용과 체면 못지않게 약속은 중요하다. 카네기는 원칙과 약속을 철저히 지켜 왔기 때문에 세계적으로 성공한 경영자가 되었을 것이다. 그래서 사람들은 카네기의 리더쉽을 배우고자 하는 것이 아닌가 생각된다.

나도 언젠가 친구들과 굳은 약속을 해놓았는데 한 친구의 핑계로 여행 출발 직전 취소가 되어 갑자기 할 일을 잊어버린 듯 허전한 마음으로 이틀을 보낸 적이 있었다. 그럴 때는 책도 눈에 들어오지 않고 어떤 일도 손에 잡히질 않았었다. 자기 자신과의 약속을 지키지 못하면 남과의 약속도 지킬 수 없을 것이다. 특히 아랫사람과의 약속을 철저히 지켜야 한다. 그래야 사회를 조금 더 밝은 사회로 만들어 갈 것이다. 탈무드에서 말하는 아이에게 무언가 약속하면 반드시 지켜라, 지키지 않으면 당신은 아이에게 거짓말하는 것을 가르치는 것이다. 부모라면 자녀들과의 약속을, 교육자라면 제자들과의 약속을 철저히 지키는 모범을 보여주어야 한다. 역지사지라 했던가? 아무리 친한 사이일지라도 내 사정만 말하고 상대방의 의사를 무시해버리는 일이 없기를 나 자신과 또 다른 약속을 해본다.

# 제5부

# 어디서 왔는가

바다를 바라보고 있노라면 갈매기 되어
멀리멀리
넓은 세상으로 가보고 싶다.
행복이 넘치는 즐거운 세상을 보고 싶다.

갈매기
빛으로 변해버린 상처
음택
평화 통일 염원
충신의 마음
가족묘지 공원
생명의 끈
벼랑부처

# 갈매기

하늘과 바다는 어둠에 가리어져 하나로 있다가 서서히 붉게 물들이며 둘로 갈라진다. 저 멀리 수평선 위로 서서히 태양이 떠오르며 하루의 시작을 알린다. 내륙 지방에서 나고 자라서 늘 바다를 그리워했다. 오늘도 그리움을 찾아 이곳 바닷가에서 산산이 흩어지는 물결을 물끄러미 바라보았다. 긴 겨울잠에서 깨어난 생물들이 기지개를 켜는 것 같다. 갈매기 한 마리가 큰 바위에 앉아 내 시선과 같이 한 곳을 바라보고 있다. 갈매기는 새봄을 맞아 무슨 꿈을 있는 것일까? 봄바람에 일렁이는 잔잔한 파도가 함께 춤을 추자고 유혹하니 먼바다로 향하여 날아가 보고 싶은 내 마음과 같은가 보다. 파도 소리에 묻혀 간간이 끼~륵 끼~륵 겨우내 움츠렸던 사색을 깨운다. 바다를 바라보고 있노라면 갈매기 되어 멀리멀리 넓은 세상으로 가보고 싶다. 행복이 넘치는 즐거운 세상을 보고 싶다. 봄 바다는 노곤한 내 생각을 또 한 번 잠에서 깨운다.

얼어있던 얼음덩이는 바닷바람이 몰고 오는 순풍에 녹아 한 방울 한 방울 대지를 적시며 계곡을 따라 굽이굽이 바다에 안긴다. 바다는 모든 것을 품어 안듯 갈매기와 내 마음도 함께 품어주었다. 바다에 안긴 갈매기는 아무런 욕심도 없어 보인다. 먹을거리를 어디다 쌓아두지 않는다. 자연 속에서 유희하다 배가 고프면 바닷속으로 곤두박질하듯 들어가 한 마리 고기를 물고 하늘로 치솟으며 만찬을 즐기면 그만이다. 먹이를 낚아채는 방법은 또 하나의 기술이다. 갖가지 모습으로 날갯짓하다가 힘들면 물 위에 사뿐히 내려앉아 휴식을 취하기도 한다. 전혀 바쁜 모습은 언제나 찾아볼 수가 없다. 여유가 만만하다. 나는 언제나 갈매기의 나래처럼 부드럽고, 울음소리처럼 감미롭게 세상을 살아갈 수 있을까. 날개에 묻은 물기를 말리려면 조용히 바위에 내려앉아 출렁대는 바다를 바라보며 한 구절 시를 읊는다. 한없이 넓고 깊은 바다의 마음을 알리듯 갈매기의 비상은 날렵하고 자유자재로 바람결을 가르며 끼~륵 끼~륵 따라오라 유혹한다.

갈매기의 유희를 바라보며 사람들은 꿈을 키우고 평화를 그리워했다. 꿈속에는 많은 것을 내포하고 있다. 무엇에 얽매이지 않고 순수한 마음으로 여유롭게 살아가고자 하는 바람일 것이다. 언제나 함박웃음이 터져 나오는 즐거운 가정을 꿈꾸지 않는 이가 있을까? 행복하게 사는 것이 가장 큰 꿈일 것이다. 갈매기와 나는 누가 더 행복한 것인가 반문하지 않을 수 없다. 갈매기는 언제나 행복할까? 나는 마음속에 간직한 꿈의 실현을 위해 쉼 없이 있는 힘을 다해 달려왔다. 아마도 내가 실패하듯 갈매기도 먹이를 낚아채는 일을 실패도 했었을 것이다. 그러나 포기하지 않고 반복하여 연습을 거듭

한 결과로 잽싸게 낚아채는 기술을 익혔을 것이다. 삶의 방법에서 실수가 있을 때 좌절을 맛보기도 하였다. 갈매기의 삶을 보고 내 마음을 달래본다. 나이는 숫자에 불과한 것 정신 나이가 더 중요하다는 것을 알았다. 그래 나의 노년이여 건강하고 즐거운 삶을 영위할 수 있도록 하늘 높이 소리치며 희망을 노래하자. 그래 쉬지도 말고 포기도 하지 말자고 다짐하였다. 최선의 노력이 있을 때는 후회가 없음을 알고 뛰고 뛰어 날아가 보자. 지금까지 이렇다 할 아픔 없이 건강을 지켜온 것에 안도의 한숨을 쉬었다. 양팔을 최대한 높이 쭉~욱 펴고 시원한 바닷바람을 가슴속 깊이 들어 마신다. 바다의 봄바람이 몸속을 파고드니 속이 시원하고 행복함을 느꼈다.

모든 것은 세월이 지나면 아쉬움만 남기고 떠나는 것이다. 기쁘고, 괴로웠고, 애달팠고, 즐거웠던 날들 이제는 내 인생의 뒤안길로 보내려 한다. 그저 지나온 크고 적었던 일들은 흔적에 불과한 것, 쌓아둔들 쌓여 있으랴 지우려 한들 지워지랴. 저 갈매기처럼 하루하루를 건강 지키며 아직 다하지 못한 일들 하면서 즐겁게 살고 싶다. 갈매기야! 갈매기야! 나와 함께 자유자재로 바다 위로 날아 가보자. 또 다른 노후의 꿈을 안고 이 시간만을 위해 즐거운 날갯짓 펼쳐보자. 나의 행복을 위한 쉼 없는 날갯짓 하며 갈매기의 꿈을 따라서 날아가자. 날아가 보자. 더 높은 이상, 바다와 같이 넓은 마음의 나래를 펴는 세상으로.

# 빛으로 변해버린 상처

순천국가정원 내에 분재 전시장이 개설되어 관람객을 부르는 홍보 판이 눈에 띄었다. 평소에 분재를 감상하는 것에 관심 가지고 있었다. 전시장 위치를 알리는 글귀대로 따라가느라 이리저리 헤매며 조금 어렵게 찾아들어 갔다. 처음 이곳을 찾는 관람객이 쉽게 찾아가도록 글귀도 수정하고 홍보 판의 위치도 바꾸면 좋겠다는 의견을 말하였다. 관리하시는 분이 고맙다고 인사하고 윗사람에게 건의하겠단다.

전시 재목은 주로 팽나무, 모과나무, 사과나무 등인데 소나무가 주를 이루고 있다. 소나무도 백송, 금송, 흑송 등 다양하다. 크기도 평소 생각했던 것과는 엄청나게 크며 나무의 수령도 수백 년 된 작품들도 수두룩했다. 분재 목을 담고 있는 화분도 흙으로 아름답게 빚은 도자기도 있지만 크기를 감당 못 하는 것은 방부목을 이용하여 육면체로 만들었다. 분재 수는 수백 개에 달하는 것 같다.

그중 관심을 끌게 한 것은 가격이 제일 비싼 주목이었다. 관리하시는 분의 설명은 이랬다. 일본에서 50억 원에 사가서 다시 손질하여 중국에 200억 원에 되팔려고 하는 정보를 입수하였다. 이 좋은 작품이 외국으로 반출되는 것을 막기 위해 돈 있는 독지가가 서슴없이 사들여 전시하게 되었다고 설명해주었다.

표지판에 설명이 되어 있는데 수형은 쌍 간, 수령은 약 950년 초대형 분재로 세계 최고의 수목으로 평가받는 명목이다. 옆에 보조 설명을 목재에 붓글씨로 크게 이렇게 적혀 있다. '세계 최고 주목나무 50억을 평가받습니다.' 나무의 크기는 이미터, 폭은 삼 미터, 밑동의 둘레는 두세 명이 양팔을 벌려 잡아야 끌어안을 수 있을 것 같다. 나무의 껍질은 벗겨져 속살을 허옇게 드러내 놓고 있다. 분재라는 이름을 달고 자라왔기에 분재가의 손에 의해 껍질이 벗겨졌을 것으로 추측되었다. 늘어진 가지에는 힘을 잃어버린 모습이 아니라 춤을 추는 듯하다. 상층부의 가지는 하늘을 향해서 기도하는 자세를 취한 듯하며 당당하다. 어려운 환경에서 고난을 겪으면서 자라온 흔적처럼 보인다. 인공미가 가미되었다손 치더라도 너무나 아름답게 버티고 있는 모습에 숙연해진다.

분재의 키는 크지 않으면서 전체적으로 자연스럽게 자란 것처럼 아름다운 모양이 되도록 키워야 한다. 천년이 되도록 분재를 보살핀 사람은 과연 몇 번을 바뀌었을까? 전지가위를 이어받는 마음들은 수령이 다 되는 순간의 모습을 똑같이 그려보았을까? 아마도 몇십 년 지난 수형을 마음속으로 그려보고 그대로 자라도록 손질하고 간절한 마음으로 물을 주고 대화하지는 않았을까? 맨 처음 분재로 키우겠다고 마음먹고 시작한 분재가가 살아 돌아와 현재의 모습을 본다면 어떤 소감을 피력할까? 아 바로 이거야 내가 이런 모습을 그리며 처음부터 키웠지, 지금까지 살아있다니 너무나 대견스럽고 그동안 사랑해주고 가꾸어 준 사람들께 감사하다고 인사를 할 것 같다.

사람도 극한 상황에서 몸과 마음을 힘겹게 바쳐가며 어려움을 헤치고 성공했을 때 그 빛이 더욱 빛나는 것이다. 주변 사람들의 주목을 받고 손뼉 치고 칭찬하고 존경을 하는 것이다. 감상의 소감은 한마디로 '야, 굉장하다'로 대신하게 된다. 자연 속에서 다른 수목들과 어우러져 싸우며 자랐다면 키가 얼마나 컸을까, 근 이삼십 미터는 되지 않을까? 미국 요세미티 국립공원을 찾아갔을 때 수백 년 묵은 나무들이 이삼십 미터 높이로 자라서 나 보란 듯이 뽐내며 서 있기도 하고 모진 풍파와 싸우다 지쳤는지 삶을 포기하고 잔가지, 잎은 다 잃고 쓰러져 몸 둥치만 살아있었을 때의 위용을 자랑하듯 누워있는 것을 보았다. 사람보다 몇백 년을 더 살아온 나무들이 아니겠는가? 다시 한번 주목을 천천히 앞뒤를 둘러보았다. 사람들 손에 의해 길러졌다 하지만 좁은 공간에 뿌리를 박고 살아온 모습에 대견스럽기까지 하다.

함께 전시장을 들러보는 구순 노모의 힘겨웠던 지난날의 삶의 보습을 보는 듯하였다. 어머니께서는 힘들다며 그늘 속 의자에 앉으신다. 아이스크림을 드시면서 어떻게 저렇게 키웠을까? 의구심을 가지신다. 어머니가 자식들을 키울 때처럼 그렇게 힘이 들었을 것 같았다. 그동안 저희 팔 남매에게 아름다운 모정의 사랑을 베푸신 어머니도 건강하시고 빛나는 삶을 계속 이어가시도록 빌어본다. 소나무는 외로워도 슬퍼도 꿋꿋하게 사계절을 푸른빛을 잃지 않고 버티고 서있다. 우리에게 변하지 않는 어머니의 빛이 한없는 희망을 주듯이 노송의 위엄에 고개가 절로 숙어졌다.

# 음택

　일요일 이른 새벽 장비를 갖추고 할머니, 할아버지가 고이 잠드시어 계신 산소를 찾았다. 산소 주변 우거진 잡초들을 제거해 정리하고자 함이었다. 주변에 자연산처럼 자라고 있는 산야초를 보고 싶어서 찾았다. 산소 주변에는 산딸기, 아까시나무 등 자잘한 가시를 온몸에 덕지덕지 단 가시덤불이 우후죽순처럼 우거져 보기도 흉하고 잠드신 두 분이 답답해하실 것 같았다.

　할머니, 할아버지 셋째 손자 찾아왔습니다. 산소를 잘 가꾸어 보기 좋게 단장을 해드리려고 왔습니다. 마음속으로 인사를 드리고 살아생전 두 분의 모습을 기억 속 한 장면을 떠올린다. 조상을 잘 보살펴 드려야 살아있는 후손에게 복을 내려준다는 할아버지의 말씀이 들리는 듯하다. 두 분이 알 수는 없지만 마치 나를 천상에서 지켜보시는 듯하다. 특히 할머니에 대한 연민의 정이 느껴진다. 어머니와의 갈등이 있을 때마다 나는 늘 할머니 편에 있었다. 누구의 잘잘못을 말하기 전에 할머니는 노쇠하시니까 더욱 그랬었나 싶다. 때론 할머니가 불쌍해 보이기도 하였었다. 그런 연유인지는 몰라도 두 분이 함께 영원히 잠들어 계신 산소를 자주 찾는 버릇이 있는지도 모른다.

뽑힌 가시덤불들은 그 자리에 펼쳐놓는다. 공간이 생기면 영락없이 다른 잡초들의 보금자리가 되기에 그러지 못하게 방해하는 격이다. 이렇게 정리가 되면 다음에는 산야초가 그 자리를 차지한다. 거름도 주지 않고 여느 농약도 뿌리지 않고 자연 속에서 잘 자라도록 환경만 바꾸어 주는 것이다. 산소 주변이 산딸기 같은 가시덤불로 덮여 있는 것보다는 식·약용 식물들이 자라고 있는 것을 보신다면 무척 기뻐하실 것이다. 주변에 심어져 자라고 있는 식·약초는 더덕, 도라지 등 십여 가지가 있다. 지난가을에는 인삼 씨도 뿌렸다.

언젠가는 나도 힘이 없어 이곳을 찾지 못하는 날이 올 것이다. 이럴 때 자손들이 산소를 자주 찾아오게 하는 매개체 역할을 하도록 함도 있다. 맛있는 과일나무가 있어 탐스럽게 매달려 있다면 더욱 오고 싶은 곳이 될 것 같다.


2년 전 가을, 돌아가신 아버지께서 산소 자리를 찾아 헤매고 계실 때, 이런 말씀을 드렸다. "좋은 산소 자리를 찾는 이유는 자손들이 잘되라고 하는 것인데, 그 위치가 멀거나, 높다고 손자들이 오지 않으면 아버지 외로워서 어떻게 해요"라고 말씀드렸더니 안색이 갑자기 변하셨다. 그런 연유로 해서 아버지는 가깝고 차도 바로 앞에까지 갈 수 있는 증조할아버지 산소 앞에 모셨다. 요즘 젊은이들은 조상 모시는 일에 관심이 멀어진 것 같은 느낌도 있다. 그저 제 몸 하나만 즐겁고 편하면 그만이라는 생각을 하는 것은 아닌지 모르겠다. 내 자손들도 그러하지 않다는 말은 장담할 수가 없다. 마음 한 구석에 은근한 걱정을 하였다. 마음 또한 우울했다.

음택陰宅의 명당자리는 좌청룡 우백호 배산임수左靑龍 右白虎, 背山臨水라 했건만 산소 위치가 멀어서 자손들이 찾아오는 데 시간이 많이 소요된다거나, 너무 높아서 걸어 올라가는데 힘들고 지칠 정도라면 찾아오는 횟수도 적을뿐더러 찾아오지 않거나 관리도 제대로 하지 못하여 흉물이 될 수도 있다. 자연스레 후손들과 영적 대화도 잘 안 될 것이다. 조상에 대한 존경심이나 감사함마저 사라져 자손들 사이 가족 관계도 흐려져 서로 만나기도 어려울 것이다. 농업사회에서 산업 사회로 바뀌는 과정에서 끈끈한 정은 사라지고 이합집산하는 삶 속에서 이율배반적이고 자기중심적 사회의 각박함을 맛보고 살아온 사람이기에 괜한 걱정이 더욱 앞선다.

며칠에 걸쳐 작업을 조금씩 하다 보니 산소는 잡초가 제거되고 앞 전경이 훤해졌다. 이런저런 걱정이 앞서 내가 묻힐 장소는 선조님들이 잠들어 계시는 곳 아래로 결정하고 싶다. 이곳이 명당자리가 아니면 어떠랴! 쉽게 접근하고 걷는 거리도 십여 미터밖에 되지 않으니 자손들이 찾아오는데 망설이지를 않을 것이다. 아들 내외가 손자·손녀와 소풍 가듯 찾아와 쉬거나 잘 정돈되고 푹신한 잔디밭을 놀이터 삼아 이리저리 뛰어노는 행복한 모습을 머릿속으로 그려 본다. 잘 다듬어진 잔디밭에 돗자리 깔고 이것저것 먹을 과일이나 맛있는 음식을 벌여 놓고 빙 둘러앉아 먹는 모습 또한 행복해 보이지 않는가?

어머니 배 속에서 태어나 한평생 살다가 저세상으로 갈 때는 부모님이 계시는 자연의 품으로 가는 것이 이치인 것을 슬퍼하거나 아쉬워서 할 것 없이 편안한 마음으로 햇볕이 잘 들어 따뜻하고 아담한 선조님 산소 아래로 들어가고 싶다. 먼저 가신 선조님들도 뵐 수 있어 좋고 그동안 다 하지 못한 대화를 오랫동안 하고 싶다.

# 평화 통일 염원

봄부터 비가 오지를 않아 곳곳에 가뭄이 농작물의 성장을 멈추게 하였다. 오늘은 온종일 비가 촉촉이 내렸다. 애타던 농민들의 한숨소리가 웃음으로 바뀌었다. 단비에 작물을 보살피느라 농민들은 눈코 뜰 새 없이 바쁜 하루였다.

매년 6월이면 찾아오는 아련한 마음이 오늘도 여전히 하늘을 쳐다보게 하였다. 산야는 조용했다. 그 어떤 포성도 분명 들리지 않았다. 하지만 적탄에 상처 입은 군인의 군화 발소리가 땅에 끌리는 소리가 바스락바스락 들려오는 것 같다. 6·25 전투에서 실종되어 육십칠 년 동안 갈 곳을 잃고 구천을 헤매던 국군 용사 귀환의 모습이 아련히 산기슭에 어린다. 이윽고 비는 그치고 피어오르는 안개 속으로 그 처절한 모습이 서서히 사라진다.

6·25는 얼마나 치열했던 전투였나를 직접 겪지는 않았지만 참전 용사였던 아버지한테서 자주 들어왔기에 그 처참한 상황을 짐작할 수 있었다. 아버지는 2대 독신이라는 것을 개의치 않으셨단다. 오로지 자유 대한민국을 지키고 싶다는 일념이었다고 하였다. 후퇴

를 거듭하는 국군 병사들 틈에 끼어 낙동강까지 피난하여야 했다. 이제는 더 이상 나 하나만의 안위를 생각할 때가 아니라고 판단을 하게 되었단다. 현지에서 국군에 자원입대를 신청하였다고 말씀하셨다.

간단한 제식훈련과 소총을 다루는 기술을 익히고 곧바로 전장으로 투입되었다. 인천 상륙작전의 성공과 국군의 강력한 반격으로 다시 북으로 북으로 진격하였다고 말씀하시었다. 총알이 빗발치고 귀청을 찢어 버리듯 포성이 울리는 철원 전쟁터였다. 공격과 후퇴를 반복하던 때에 인민군이 쏜 포탄의 파편이 허벅지에 박혀 현장에서 쓰러져 전투복을 붉은 피로 물들이고 정신이 몽롱할 때 전우에게 발견되었다. 위생병의 손에 이끌려 군 야전 병원에서 치료를 받아 간신히 목숨을 부지하셨단다.

사단 병력이 거의 다 전사하고 불과 십여 명만이 살아남았단다. 만약 그때 아버지께서 잘못되었다면 나는 이 세상에 없어야 할 사람이라고 하셨다. 이렇게 하여 태어난 나에게 6·25 사변 이야기를 자주 해주었다. 함께 전투하시다가 유명을 달리하신 분들의 영혼에 정말로 고개 숙여 감사함과 불멸의 정신을 이어받아야 한다고 힘주어 말씀하시었다.

6·25 전쟁은 한반도에 자리 잡은 한민족을 사상이 다른 공산당 북한정치 도적 떼들이 자유 대한민국을 공산화할 목적으로 남침하여 동족상잔의 비극을 남긴 두 번 다시 일어나지 말아야 할 전쟁이

었다. 남·북 간 이득은 없고 잃은 것만 어마어마하다. 막대한 재산 상의 손실은 물론이요. 인재의 손실은 가히 돈으로 환산을 할 수 없다. 또한 가장 가슴 아픈 일은 일천만 이산가족은 양산한 것이다. 가족, 친척 간에 서로 생사를 모르고 육십여 년을 지내오고 있다. 오래전 KBS한국방송에서 이산가족 찾기 생방송으로 가족을 만난 사람들도 있지만 찾지 못한 사람들이 얼마나 많은가? 찾았다 하더라도 남북으로 다시 헤어져 기약 없는 이별을 눈물과 함께 하얀 손수건에 묻어두어야 했다.

6·25는 아직도 끝나지 않은 전쟁이다. 휴전 협정으로 잠시 전쟁을 하지 않고 있을 뿐이다. 언제든지 다시 전쟁이 일어날 수 있는 것이다. 지금도 북한은 공산주의를 신봉하는 3대 독재 정권이 북한 주민들을 험악한 통제 수단으로 다스리고 있다. 호시탐탐 자유 대한민국을 공산화 통일을 위한 준비를 하고 있다. 미사일이니 핵폭탄이니 하면서 유엔 안보리 규정을 어겨 가면서 도발을 자행하고 있다. 한반도 평화는 요원한 것인가? 남북은 서로 통일하자고는 하지만 과연 어떤 통일을 원하고 있는가?

나는 자유 대한민국의 정치 체제로 통일을 원하고 있다. 북한의 공산 3대 독재 정권의 체제로 통일을 원하지 않는다. 낮에는 내가 원하는 곳에서 일하고 저녁이면 가족과 함께 행복한 시간을 갖고자 한다. 휴일에는 취미활동 등을 하면서 즐기고 싶다.

사천오백 년 유구한 역사를 지켜온 한민족은 시대의 흐름에 따라

갈라지거나 합치곤 했다. 아직도 갈라져 있는 한반도를 하나로 묶는 자유 평화 통일을 이루어야 한다. 이 일은 한민족 모두에게 해결해야 할 과제로 남겨진 상태다. 과연 우리는 어떠한 마음 자세로 하루하루를 살아가야 하나 깊이 생각할 때이다.

어떠한 어려움에 부닥친다 해도 물러서지 않고 정의를 바로 세우기 위해 굳건해야 한다. 푸르고 푸른 6월, 한반도 산야는 평화롭다. 삼면의 검푸른 파도는 불의를 삼키듯 울부짖는다. 오 대한민국이여 영원하리라.

# 충신의 마음

코스모스가 한들거리고 들에는 벼가 누렇게 익어 고개를 숙이는 가을, 나들이를 나갔다. 청주에서 조치원으로 향하는 국도를 따라가다 보면 부모산 끝자락 배산임수를 갖춘 남향으로 자리한 송상현 충렬사라는 간판이 보인다. 이 길을 수 없이 다녔지만, 그동안 한 번도 들어가 보지는 못했던 곳이다. 과연 주인공이 어떻게 살아오신 분인지 평소에 궁금한 생각을 하고는 있었다. 오늘 그 궁금증을 풀려고 찾아 들어갔다.

마당에 들어서니 천곡 유물전시관, 사당, 신도비 그 뒤로 묘소가 보인다. 경내 정원과 충렬사 주변은 깔끔하게 정리되어 찾아주는 방문객을 반갑게 맞아주는 듯했다. 충렬공에 대하여 자세히 알고 싶어 먼저 천곡 유물전시관에 들어갔다. 천곡은 송상현의 호이다. 안에는 충렬공 송상현의 유물들이 전시되어 있고 업적에 대하여 자세히 기록되어 있다.

1551년 1월에 빼어난 모습으로 태어나시어 군자의 풍도가 있고 경사經史에 통달하였다. 승보시陞補試 장원, 진사進士 합격, 문과 급

제, 등 여러 요직을 거쳐 마지막으로 동래부사로 부임했다. 이때 왜군이 쳐들어와 42세에 동래성 전투에서 순절하게 되었다. 이렇듯이 그분의 업적은 짧은 인생에 있어 실로 화려하고 나라를 위하여야 헌신하신 일들은 매우 많았다.

충렬공께서는 임진왜란 당시 동래성 전투에서 나라를 위하는 마음이 빛을 발하게 된다. 동래성을 둘러싼 왜적이 '싸울 테면 싸우고 싸우지 않으려면 길을 비켜라'고 하자 약한 모습을 보이지 않고 '싸워서 죽기는 쉬워도 길을 비킬 수는 없다'고 응답하고 결연히 싸움에 임하였다. 이는 병사들의 사기를 높이고 적들에게 위엄을 보여, 한 치의 땅도 왜놈들에 내줄 수 없다는 뜨거운 충성심이 담겨있었을 것이다. 그리고 왜놈들과 싸워서 절대 패하지 않을 것이라는 굳은 신념의 자세였을 것이다. 두려움 마음 갖지 않고 싸움에 임한 그 자세야말로 가히 우러러볼 만한 충성스러운 행동이라 생각하지 않을 수 없다. 수적으로 열악하여 동래성이 함락되자 공을 흠모하던 왜군 장수 평조익平調益이란 자가 피신할 것을 권했으나, 태연스레 임금을 향한 북향요배北向遙拜를 마친 후 부친에게 '외로운 성은 달무리처럼 적에게 포위되었는데, 이웃한 여러 진에서는 도와줄 기적도 없고, 임금과 신하의 의리가 무거운 것이오, 아비와 자식의 온정을 가벼이 하오리다'란 글을 부채에 써서 보내고 관복을 단정히 하고 왜적의 시퍼런 칼날에 죽임을 당했다.
선생의 충절에 왜장도 감복하여 선생을 죽인 왜군을 찾아 목을 벤 후 예를 갖추어 장례를 치러주었다. 이후 밤마다 성의 남문에는 붉은 기운이 하늘로 훤히 뻗어 수년 동안 흩어지지 않았고 이에 적들은 선생을 더욱 공경하고 두려워하였다고 전한다.

죽임을 당하기 직전 공의 마음은 온갖 생각에 잠겨 있었을 것이다. 임금에 대한 임무를 다하지 못한 신하의 부끄럽고 죄송한 마음, 고향에 계신 부모님에 대한 불효의 용서를 비는 마음, 그리고 처와 자식들에게 더욱 미안한 마음이 가득했을 것이다.

이후 선조 28년에 선생의 충성심을 알고 당대 최고의 풍수사 두 사총을 불러 최고의 명당을 찾아보라 명하였단다. 동래에서 이곳으로 요여腰輿로 모셔와 이장하고 사당을 세워 충렬공의 충성스러움에 보답하였다. 부인께서는 이곳에서 3년간 시묘살이를 하였고 이로 인하여 이 지역이 여산 송씨의 세거지가 되었다는 것이다.

충을 위해 효를 가벼이 한 것은 부모에 대한 효도 중요하지만, 나라와 민족을 위한 충의 정신이 더욱 중요함을 보여준 것이다. 충을 기반으로 한 충렬공의 죽음은 불효가 아니라 참된 효라는 사실까지 일깨워 준다. 내 선조의 정훈이 '충효입신 시례전가'라는 말을 어려서 아버지에게서 들어왔다. 그래서 군 복무를 초급장교로 마쳤다. 국가관을 더욱 확립하려는 생각이었다. 만약 내가 그 자리를 지키고 있었다면 어떻게 행동하였을까, 송상현 충렬공처럼 의연하고 대담하게 전투에 임하였을까? '싸워서 죽기는 쉬워도 길을 비킬 수는 없다'란 공의 말 戰死易假道難(전사이가도난)이 적힌 깃발이 지금도 동래성을 에워싼 왜놈들 앞에서 힘차게 펄럭이는 모습이 머릿속에 생생하게 그려지고 있다. 그 깃발과 광경을 쉽게 잊을 수는 없다.

문관 출신으로 왜적과 당당히 맞서 싸워 한 번의 죽음이 나라와 민족을 위해 목숨을 바쳐 자신의 책임을 다한 것은 충과 의가 무엇인가를 오늘을 사는 우리들에게 일깨워 주고 있다. 이 나라를 지켜준 모든 선열들을 다시 한번 되새겨 본다. 경제적으로 선진국 대열로 들어섰다고 하는데 정신적으로나 시민의식 수준도 더욱 높여 그분들의 애국애민 정신을 따라야 하지 않겠는가. 이러한 정신무장을 한 한국 사람들이 세대별로 늘어난다면 우리 대한민국은 자유와 평화를 지켜 통일 한국을 세워 자손만대까지 영원히 태극기를 휘날리지 않겠는가?

온화한 모습이지만 천하를 쥐고 흔들 듯한 기품이 서려 있는 충렬공 영정 앞에 서서 깊은 상념에 잠기어 묵념하며 국가와 사회를 위하여 내가 할 일은 무엇일까 다시 한번 되새기는 기회로 삼았다, 예의를 지키는 마음으로 조용히 돌아서 나왔다. 높고 푸른 가을 하늘은 더욱 찬란하게 빛나고 있다.

# 가족묘지 공원

유교 사상이 뿌리 깊이 박혀있는 가정에서는 해가 갈수록 고민이 깊어지고 있다. 해마다 추석을 맞아 연례행사로 치르는 금초 하는 일이 친족 간에 마찰을 빚는 사례들이 늘어나고 있는 실정이다. 몇 년 전부터 간간이 이야기되어 왔지만 올해에는 더 강하게 어필이 되어 종친 간에 회의를 열게 하였다.

금초 작업이 끝나고 식사 자리에서 연세가 아흔을 바라보는 집안 어른들에게 힘드시지요? 하고 여쭈었더니 "그래 이제 힘이 없어 못 하겠다" 하시는 것이다. 올해도 예년과 별반 차이 없이 칠십 대 이 상 되는 일가들만 참여했다. 젊은 사람들은 바쁘다는 핑계로 참여 하지 않는다. 기회는 이때라 생각하고 말을 이어갔다. 어떻게 하면 어렵지 않을까요? 되물었다. "글쎄다"고민하시는 모습이 안면에 여실히 나타났다. 대여섯 분이 그런 반응을 보였다. 방법이 있습니 다. 앞으로 이런 상황으로 천년이 흘러간다면 관리할 산소의 수가 몇 개가 될까요? 지금도 젊은 사람들 참석하지 않는데 어르신들 돌 아가시면 누가 산소 관리할까요? 그 어려움은 얼마나 눈덩이처럼 불어날까요? 제안했다. 조상 모시는 일을 하지 말자는 것이 아니고 여러 조상들의 산소를 한 곳으로 그리고 작게 만들어 표시 정도 나게 하면 작업하는 양이 상당히 줄어들어 관리에 어려움이 없겠지요? 그리고 산소가 있던 자리에 창고를 짓거나, 여분의 땅을 팔아 시내에 건물을 지어 상가 임대하면 수익이 생겨 그 수익금으로 조상 모시는 행사에도 쓰고 일가 간에 단합하는 행사에 사용한다면 어떨까요? 하고 여쭈었다.

어른들은 이구동성으로 한 마디씩 말을 하기 시작했다. 만약에 어르신들이 돌아가시기 전에 이 일을 하신다면 후손들이 두고두고 칭찬할 것입니다. 평생을 조상님들 모시는 일에 지극정성으로 하시더니 돌아가시기 전에 자손들 고생 안 시키고 조상 모시라고 이렇게 하셨구나 하고 얼마나 좋아들 할까요? 현재대로 그대로 하자고 하시면 두고두고 후손들이 뭐라고 할까요? 아저씨들 다 돌아가시면 바로 우리들이 나서서 그 축소 작업을 하겠습니다. 은근슬쩍 압력을 넣었다. 하고는 싶은데 선뜻 그렇게 하자고 먼저 말을 꺼내지는 못하는 눈치다. 오늘 결정하시기 어려우면 종회를 바로 열어 회의에 부치자고 제안하였다. 한 아저씨가 나섰다. 회의는 무슨 회의 여기 거의 다 모였는데 여기서 찬반을 물어보자 하시었다. 종중회장과 총무를 맡으신 분들이 진행하시도록 했다.

결과는 한 아저씨는 여러 사람이 그렇게 하자면 따라가야지. 별수 있나 하시었다. 어려서부터 지금까지 조상 모시는 일을 정성을 다해서 행사를 해왔는데, 돌아가신 조상님들에 벌이라도 받을까 걱정이 되어 내심 반대하고 싶은데 대부분 찬성하니 슬그머니 꽁지를 빼는 눈치다. 이래서 묘지 크기를 대폭 축소하고 한 장소로 모아 모시는 일과 창고를 지어 임대하자는 의견을 통과시켰다. 산소 작업은 내년 윤사월에 마무리하고, 창고 짓는 일은 겨우내 사업 관련 행정 절차를 밟아 내년에 건축하는 것으로 정했다.

계획대로 이루어진다면 친족들이 다들 좋아할 것이다. 앞으로 진행되는 과정을 살펴보면서 획기적으로 변화를 가져오도록 방향을 잘 잡아가도록 하여야 할 것이다. 만약 긍정적으로 받아들여진다면 가까운 지손이나 주변 분들에 전파되기를 바란다. 전 산야에 산재되어 있는 산소들이 많이 없어져 자연을 되살리는 효과와 산소 관리를 하는 데 따르는 시간과 노력, 비용이 상당히 줄어들 것이다.

미래 세대들에게 좋은 선례를 남기게 될 것이다. 생활문화는 그 시대의 상황에 맞게 변하게 되어 있다. 유교 문화의 혁명적 변화를 기대해 본다. 조상 모시는 일로 친족, 일가 간에 언성을 높이고 다투는 일도 획기적으로 줄어들고 화기애애한 분위기로 종친회가 잘 운영이 될 것으로 생각된다. 산은 산짐승들의 삶터로 되돌려주고 사람에게는 아름다운 경관을 보여주고 신선한 산소를 풍부하게 만들어 살기 좋은 곳으로 탈바꿈하는 일에 우리 다 같이 힘을 합치자!

# 생명의 끈

아직 죽음에 대해 심각하게 고민해본 적은 없다. 나이가 들어가면서 병이 생겨 병원에 입원하는 상황을 머릿속에 그려보았다. 힘없이 병상에 누워 창밖을 바라보는 모습은 너무 슬프다. 과연 병상에 누워있는 노년의 사람들은 죽음을 어떻게 받아들이고 있을까? 살려달라고 애원을 할까? 어서 빨리 조용히 하늘나라로 가게 해 달라고 호소를 할까?

구순 중반이신 어머니께서는 가끔 '살 만큼 살았는데 왜 죽지 않는 거야' 하신다. 왜 더 좋은 세상을 보고 즐겁고 건강한 삶을 살고 싶지 않으신 걸까? 죽음은 두려운 것인가? 깜깜한 어둠 속으로 빨려 들어가는 공포를 느끼는 순간일까?

몇 해 전 장인께서 뇌졸중으로 쓰러져 병원에서 작고하셨다. 연락받고 즉시 달려가니 이미 인공호흡기를 달고 계셨다. 대화는 할 수 없었고 내가 하는 말을 알아들었는지 못 알아들었는지 눈만 껌뻑거렸다. 의사는 인공호흡기를 낀다는 것에 동의한다는 사인을 해 달란다. 이미 인공호흡기를 끼고 있는 상태인데 왜 뒤늦게 사인하라는 말에 나는 할 수 없다고 대답했다. 그러자 의사는 당황해했다. 치료가 잘 되어 일어서면 우리와 대화하면서 일상생활을 할 수 있느냐는 질문에 장담할 수가 없단다.

식물인간으로 십여 년간 인공호흡기에 의지해 연명 치료를 받다가 세상을 뜬 외사촌 누이 생각이 뇌리를 스친다. 긴병에 효자 없다는 말도 있지만, 자식들은 최선을 다해 제 어머니 연명 치료에 매달렸다. 그러자 자식들의 가정 경제는 파탄에 빠지게 되고 병원비 대는데 어려움을 이기지 못한 큰아들이 먼저 세상을 등지는 불행한 일이 벌어지고 말았다. 그동안 얼마나 많은 갈등에서 헤매고 있었을까? 처음에는 완치가 되어 하루빨리 자리에서 일어나 평상시와 같이 자식들과 함께 행복하게 살았으면 하는 마음으로 정성을 다해 간호하고 병원비를 부담하였다. 해가 갈수록 병원비 걱정에 긴 밤을 지새우며 고민하고 눈물도 많이 흘렸었다. 불효의 마음이 생겨 하루빨리 제 어머니가 세상을 뜨기를 바랄 수도 있었을 것이다. 하지만 인공호흡기를 누구도 뗄 수가 없었다. 법이 가로막고 있기 때문이다. 어서 빨리 일어나 집에 가시자는 말만 듣고 고개만 끄덕거린 세월이 원망스럽고 그렇게 되기를 얼마나 많이 바랐을까? 법은 인간의 탈을 쓰고 어떻게 잔인하게 부모를 살인하는 행위를 할 수 있느냐는 굴레에서 벗어나지 못하고 있다.

의술이 발달하여 병을 치료하고 수명이 길어진 것에 대하여는 누구도 싫어할 사람은 없다. 누구든지 몸이 아프고 불편하면 곧바로 병원을 찾아가 의사에게 진단받아 치료하고 정상적인 일상생활을 하면서 행복하게 살아가길 바란다. 식물인간으로 살아가기를 바라는 사람은 아마도 없을 것이다. 이런저런 생각이 떠오르며 고민에 빠져들었다. 연명 치료를 위해 이대로 병원 신세를 지도록 할 것인지 아니면 치료를 중단하고 말 것인지 답답하다. 솔직히 경제적 부담을 감당할 수 있을 것인지 완치되어도 정상적으로 살 수 있느냐의 갈림길에서 한참을 헤맸다. 장인은 사위를 아들처럼 여겨 모든 가사 문제들을 항상 나와 의견을 나누었고 이에 응하고 따랐었다. 더 많은 효도를 하고 싶은 마음이 깊어 병상을 박차고 일어나시는 모습을 보고도 싶었다. 하지만 외사촌 누이 죽음이 자꾸만 떠올라 마음에 혼란이 이어졌다. 중환자실 침대 머리맡에는 저마다 생명의 끈을 매달고 가냘픈 호흡에 살아있다는 신호만이 달가닥 달가닥 힘겹게 이어지고 있다. 눈가엔 눈시울이 맺힌다. 괜스레 병원 로비를 들락거렸다. 이 생각 저 생각 끝에 장인이 평상시에 나에게 절대로 연명 치료는 하지 마라, 치료하지 않겠다는 서약서를 작성해놓았다는 말씀이 문득 떠오른다. 의사에게 말하자 빨리 그 서약서를 찾아오란다. 즉시 처가에 달려가 장롱을 열어보니 맨 위에 놓여있어 쉽게 찾아냈다. 의사에게 전달하니 이내 스캔하여 컴퓨터 병력기록에 첨부했다. 의사는 안도하는 눈치였다. 왜 그런 표정을 지었을까?

밤은 깊어지고 고요만이 시간을 메운다. 간호사와 의사가 번갈아 가면서 환자 상태를 살피면서 무언가 체크를 한다. 상태가 어떠냐고 물어보아도 별 대답이 없다. 그냥 조금 더 지켜보자는 말뿐이다. 장인의 손을 살며시 잡았다. 차가워진 손끝에서 체온을 느꼈는지 몸을 움직거린다. 큰 사위입니다. 힘내세요. 얼른 일어나 저희와 함께 바닷가 여행 가서 좋아하시는 회도 잡숫고 소주 한잔하셔야지요. 어느새 두 사람의 눈에는 눈시울이 살며시 비친다.

그동안 부모님과 장인 장모님을 모시고 함께 또는 번갈아 가면서 매년 여행을 다녔었다. 서울·부산 간 KTX가 개통하자마자 네 분을 함께 부산 여행을 보내드렸었다. 사전에 이야기 없이 기차 안에서 극적으로 만나시도록 좌석도 미리 한 자리로 예약했었다. 두 분이 회도 좋아하시고 술도 좋아하시어 즐거운 시간이었다고 고마워하였었다.

생각이 복잡해진 머리를 식히려고 손을 조용히 놓고 자리에서 일어나 로비 밖으로 나갔다. 병원 주위를 고개를 떨어뜨리고 천천히 돌았다. 하염없이 장인 옆을 지키는 일 밖에 뾰족한 어떠한 방법도 하여야 할 일도 없었다. 그러다 하루를 지나지 못하고 운명하셨다. 한순간 내가 무언가 잘못을 저지른 것은 아닌지 자책을 했다. 장례를 치르고 나서 한 편에서는 구순이 넘도록 편히 살다가 자식들 고생 안 시키고 깨끗하게 잘 돌아가셨다는 친척들의 말도 있었다. 어느 것이 잘한 일인지 아직도 판단이 서질 않는다. 삶과 죽음의 결정은 생사의 갈림길에 서 있는 환자 본인의 몫이 아닐지도 모른다.

삶과 죽음은 종이의 앞뒷면과 같이 이어진 것이다. 장인께서 돌아가시니 불교적 윤회를 믿고 싶어졌다. 이승에서 다해드리지 못한 효는 어느 생에선가 꼭 다시 이어져 어떤 형태로든 갚아질 것이라는 믿음이 생긴다. 고인께선 어느 곳에선가 어떤 모습으로든 여유롭고 홀가분한 영혼으로 편히 존재하리라 믿는다. 그렇게 생전 장인에 대한 빚을 생각으로만 청산하고 나는 어쩔 수 없이 일상으로 돌아왔다.

나는 지금 평범한 인간으로서의 주어진 길을 가고 있다. 생로병사로 그어진 길 위에서 아마도 세 번째 단계에 접어들었을 것이다. 아직은 아니라지만 어느 순간 병들고 내가 그랬던 것처럼 병상에서 고민하고 갈등하는 자식들을 보게 되리라. 그리고 조용히 안식하리라. 천상병 시인의 말처럼 인생은 소풍이라고 생각한다. 그렇게 왔다가, 온갖 일을 누리며 살다가 집으로 돌아가는 것이다. 죽음이 더이상 두려움은 아니다. 자연에 순응하며 사는 것이 즐거운 삶의 원천이라 생각한다. 언젠가 마지막 그날이 오면 덜 고통스럽게 갈 수 있도록 기도한다. 어디선가 다른 모습으로 존재할 내 영혼을 위해 육신으로 남겨질 자식들을 위해 날 기쁘게 보내 달라고 부탁하고 싶다. 무어 그리 연연해 할 일은 아니다.

노쇠해 자연사하는 것이 가장 행복한 생명의 마침표이리라. 자연에서 온 인간으로서 홀가분하게 자연의 품으로 가겠다고 다짐한다. 숨이 다하는 날까지 크게 심호흡하며 존엄한 인간으로 건강하고 행복하게 살다가 어느 날 조용히 조상들 옆으로 가고 싶다. 칠순을 넘기는 날, 그날엔 연명치료중단 서약서를 제출해야겠다.

# 벼랑부처

한국에는 벼랑부처가 여러 곳에 존재한다. 그중에서도 서산 용현리에 있는 삼존불이 대표급이라 한다. 무엇 때문에 유명하게 되었을까? 궁금해 직접 찾아가 보았다. 가파른 좁은 계단을 힘겹게 올라가니 산 중턱의 비탈면에 거대한 화강암 바위가 앞을 가로막고서 있다. 고개를 들어보니 장쾌하고 넉넉한 미소를 듬뿍 머금은 석가여래입상이 바위 벼랑에 조각되어 있다. 안내판에는 '용현리 마애여래삼존상 국보 제84호'라 소개하고 있다. 부처를 맞는 순간 제일 먼저 들어오는 것은 미소를 띤 모습이다. 온화하고 평온하게 느껴지는 미소다.

어느 누가 왜 이곳 험한 산 비탈면에 있는 석벽에 부처님을 조각했을까? 톡톡톡 아주 작은 정치는 소리가 지금도 귓전을 울리는 듯하다. 어떻게 쇠망치와 뾰족한 정을 맞아가며 차가운 바위 면에서 부드러운 비단으로 지은 의상을 입고 인자함이 넉넉한 부처가 탄생할 수 있단 말인가? 벽면에 암각된 좁은 선과 선 사이로 옷고름이 넓어 포근함을 느낄 수 있는 비단 치마폭이 지어졌다. 석공은 어떤 마음을 품고 작업을 했을까? 중생들에게 불심을 넣어주고자 하는 소망이었을까? 아니면 돈 많은 지주의 안위를 위한 부탁이었을까? 석공의 간절함이 부처님께 닿아 소원을 알아들었다는 듯 저렇게 자비로운 미소를 짓고 있는 듯하다. 지그시 감은 눈, 미소를 머금고 살짝 오므린 입술에서는 어떤 세상의 악이라도 녹일 거부할 수 없는 자비의 바람이 불어 나올 듯하다. 나는 부처의 눈과 마주치는 순간 기도를 올리지 않을 수 없었다. 나무아미타불 관세음보살 불교 신자는 아니지만, 스스럼없이 입에서 자연스럽게 나온다. 부처님께 그저 건강하고 오래오래 행복하게만 살게 해달라고 기도를 올린다. 이에 답이라도 하듯 부드럽고 따스한 미소는 더 많은 행복을 뿜어 낸다. 그 미소는 중생 모두를 이끌어 주는 환상의 웃음이다.

석가여래입상을 보좌하듯 옆에서 덩달아 부드러우면서도 따스한 미소를 한껏 자아내는 제화갈라보살 입상이 착하고 정답게 살아온 과거를 들여다보았다는 듯이 가만히 내려다보니, 합장은 저절로 모아지고 고개는 숙어져 기도를 드린다. 지나온 삶의 잘못은 없었는지 다시 한번 되새겨 본다. 혹시나 생각지 못하는 잘못이 있다면 용서를 비는 마음으로 재차 기도한다.

인생은 홀연히 나타나 천지 만물과 주거니 받거니 하면서 살아간다. 그 과정은 어떤 마음을 머금고 하느냐에 따라 힘이 들 수도 있고 즐거울 수도 있을 것이다. 어느 누가 지워주는 짐이 아니라 나 스스로 지은 짐일 것이다. 내가 지은 짐이려니 받아들이고 인내하며 삶이 나의 길이다. 나라에 녹을 먹고 살아오면서 맡은 바 책무를 성실히 수행하였는가? 아니면 역행은 하지 않았는가? 또한 내가 살아온 사회에 얼마나 봉사하였는가? 남들로부터 손가락질받을만한 일은 없었는가? 그 잣대를 제화갈라보살께 드리고 재단해 달라고 당부한다.

마애삼존불은 단란한 가정의 인자하고 세심한 마음으로 자녀를 키우는 어머니가 딸과 아들을 데리고 공기 좋고 아름다운 산촌으로 소풍을 나와 즐기는 모습 같다. 가족 간에 아기자기한 대화를 나누는 평화스러운 모습을 보여준다. 한 가족은 서로를 사랑하고 배려를 하는 행복한 가정을 꿈꾸고 석공은 한 정 한 정 단단한 화강암을 쪼았을 것이다. 간절한 마음이 있었기에 차가운 바위에서 따스하고 부드러운 미소를 짓고 있는 벼랑부처가 되었나 보다. 조각하는 기간은 얼마나 힘들고 길었을까, 존경을 담아 우러러본다.

마애삼존불은 단란하고 행복한 가정을 소망하는 이들에게 마음의 위안과 희망을 주고 있다는 생각이 든다. 행복한 가정의 하루 생활 모습이 아련히 떠오른다. 아들 내외가 손자와 함께 오순도순 재미있게 살아가기를 간절하게 소망한다. 온종일 손자의 웃음소리가 창밖으로 흘러나오기를 기대하며 산 그림자를 밟으면서 천천히 하산하였다.

벼랑부처의 자비스러운 미소를 가슴속 깊이 간직하고 만면에 활기찬 웃음으로 채운 오늘도 행복했다.

# 제6부

## 사랑은 영원히

행복한 삶은 내 마음의 선택, 내 행동에 달려 있으리라.
참고 참으며 힘들게 찾아가는 마음 길 그것이 인생이리라.

못 잊는 사랑

먹을 만해

물 한 모금

비둘기 사랑

삶의 길

애절한 사랑

어머니 보고 싶어요

# 못 잊는 사랑

뽕나무의 오디가 익어가는 계절이 오면, 옛 여인의 생각에 잠에서 깨어 어두운 거실 소파에 몸을 맡긴다. 창밖은 가로등 불빛에 하얀 꽃잎이 눈 오듯 나부끼고 공원 벤치의 두 연인의 모습이 어슴푸레 실루엣처럼 다가온다. 사랑에 목말라하는 모습처럼 아니면 추위를 이기기 위해 두 몸은 하나처럼 붙어있다. 그 모습을 보니 옛날 휘영청 밝은 달빛 아래 토끼 한 쌍이 노니는 모습을 떠오르게 한다.

고등학교 삼학년 시절이었다. 밤이 이슥하도록 입시 준비하느라 공부에 여념이 없을 때다. 잠을 쫓으려고 잠시 밖으로 나왔다. 보름이 가까웠는지 차가운 달빛이 유난히 밝게 빛나고 있었다. 모든 물체가 또렷이 식별이 가능할 정도로 세상은 훤했다. 장독대가 있는 뒤뜰에는 감나무 한 그루와 골담초 나무 서너 그루가 있었다. 울타리는 흙으로 쌓고 이엉을 덮은 토담이었다.

토끼 두 마리가 시야에 들어왔다. 토끼는 우리 집도 이웃집도 키우고 있었다. 사람들도 부부가 너무 오래 함께 사는 것보다 직장이 멀어 주말 부부가 되면 사랑이 더 애틋하다고 말들을 한다. 그래서

일까, 한 놈은 우리 집 다른 한 놈은 이웃집 토끼였었다. 우리 집토끼는 암놈이었다. 어떻게 토끼가 울안에서 빠져나왔는지는 몰라도 서로 텔레파시가 통하였는지 사랑의 짝을 찾아 나와 데이트를 즐기는 모습이었다. 뜰 안을 껑충껑충 뛰어다니다가 서로 만나면 제자리에 납작 앉아 서로의 목을 최대한 길게 뻗어 작은 혀를 내밀어 요리조리 입맞춤을 한참을 하고는 다시 떨어져 즐겁다는 모습으로 뜰 안을 뛰어다닌다. 이런 행동은 반복이 되고 있었고 나는 한참을 물끄러미 바라보며 움직이지 않고 서 있었다.

사랑놀이를 방해하지 말아야지 하는 생각에 살며시 방 안으로 들어왔다. 동물이 사랑을 나누는 모습이 너무 신기하였다. 나 역시 사랑을 찾아 나서지 않았던가. 사랑이 무엇인지를 느끼게 한, 산 넘어 아가씨가 자꾸 생각이나 통 책장이 머리에 들어오지를 않고 밤을 지새운 적이 있었다. 오늘도 바로 그 아가씨 때문에 잠 못 이루는 밤이 되고 말았다. 어릴 적 상냥하고 사랑을 부르는 듯 목소리는 차분하였다. 지금도 생생하게 떠오른다. 그녀는 초등학교를 졸업하고 돈을 벌기 위해 일을 하러 다녔다. 아버지께서 토종 뽕나무에 좋은 품종을 접을 붙이어 일 년을 더 키워서 누에치기 농가에 파는 일을 했다. 그런 일을 하기 위하여 일 년이면 서너 달은 우리 집에서 일했다. 그때 우리는 눈이 마주쳐 사랑을 느끼기 시작한 것이었다.

하루는 토종 뽕나무를 키우는 묘포에서 잡초를 제거하는 날이었다. 아버지가 다른 일로 바쁘니 나 보고 밭에 나가 대신 일을 지켜보라는 말씀을 듣고 밭에 나갔다. 일하는 아가씨들은 이십여 명이

나 되었다. 가만히 서서 있기는 그렇고 해서 나에게 사랑을 느끼게 한 아가씨와 한 조가 되어 한 포에 마주 앉아 아주 작은 풀들을 하나씩 일일이 손으로 뽑는 일을 했다. 그랬더니 다른 아가씨들이 뒤에서 수군거리는 소리가 들렸다. 우리 둘은 아랑곳없이 재미있는 이야기를 나누면서 일을 계속했다. 중간쯤에 있는 풀을 뽑으려는 손이 맞닿을 때는 짜릿한 묘한 감정이 들었었다.

그렇게 하루 일을 마쳤다. 집으로 들어오는 길이었다. 개울을 지날 때 갑자기 다른 아가씨들이 내가 사랑하는 아가씨의 신발을 벗겨 개울물에 던지었다. 그녀는 발을 동동거리고, 나는 번개같이 개울로 뛰어 들어가 떠내려가는 고무신을 건져서 가지고 나왔다. 여름이 가까운 날씨라 춥지는 않았다. 물에 젖어 축 늘어진 모습이 몰골이 말이 아니었다. 아가씨들은 짐작이라 한 듯 그것 보라며 박장대소를 하며 나를 놀려댔었다. 그때는 별생각이 없었다. 지금에 와 생각하니 웃음이 절로 난다.


누에를 치는 시기가 되면 누에씨를 받아다 기르는 집들을 잘 키우나 저녁을 먹고 보러 다녔었다. 그때 나는 다른 집들을 다 돌고 난 다음 좋아하는 아가씨 집으로 맨 나중에 보러 간다. 눈빛으로 살짝 신호를 보내면 뒷동산에서 별것도 아닌 내용으로 대화하며 보고 싶은 마음을 달래곤 했었다. 옆에만 있어 주어도 좋았다. 서로의 몸이 스칠 때 호흡이 빨라지고 온몸이 떨렸다. 그녀도 그런 감정이었을까? 아가씨의 부모님이 알든 모르든 관심도 없었다. 그러던 어느 날 갑자기 청천벽력 같은 말을 들었다. 아버지가 우리 집에서 함께 일을 하던 동네 선배와 어린 나이에 결혼하도록 권하고 중매를 서고 한 자리에서 사주까지 써서 교환하도록 주선을 했다는 것이다. 그날은 정말로 서운하였고 아버지가 왜 급하게 그런 일을 하였는지 이해하지 못했었다. 아무에게도 말도 못 하고 혼자서 슬피 울었었다. 아직 돈을 못 버는 주제이기에 항변할 수가 없었다. 결국 그녀는 이듬해 이월 내 곁을 떠나 이제는 볼 수는 없었다.

새싹이 푸릇푸릇 돋아나고 뽕나무에 오디가 열릴 무렵이면 그때의 생각이 어렴풋이 떠오른다. 그때의 심정을 털어놓고 싶을 때도 있었다. 서로의 첫사랑을 고이 간직하여 아름다운 이야기로 남겨두고 싶다. 교차하는 생각이 몇 번째이던가? 추억 속의 사랑 이야기를 올봄도 달콤한 오디를 입 안에 넣어 오물거리며 잊지 못할 사랑과 함께 삼켜 또다시 마음속에 묻어둔다. 무심히 흘러가는 세월처럼 애틋했던 잊지 못할 사랑이여.

# 먹을 만해

아내를 자랑하는 남자는 팔불출 중 하나라고 한다. 그래도 아내를 자랑하고 싶다. 맞벌이로써 집안일을 할 때는 시간을 절약하기 위하여 가끔은 채소를 다듬고 씻는 일이라든가, 방 청소하는 일을 종종 협력한다. 장모님의 음식 솜씨가 마음에 들어 결혼을 하는데 작용을 하였다. 막상 신혼 살이 하는데 아내 음식 솜씨는 장모님 닮지를 않아 음식 맛이 없다. 시집와 맞벌이하는 것이 고마워 음식 타박을 하지 않고 무엇이든지 잘 먹어주고 지냈다.

어느 날은 반찬이 오래되어 버리려 하면 '그걸 아깝게 왜 버려' 하며 가져와 큰 대접에 이것저것 넣고 고추장 한 숟갈 푹 퍼 넣어 쓱쓱 비벼 먹곤 하였다. 아내는 맛없는 반찬도 타박하지 않고 먹어주니 고마운 눈치다. 사실 학교에서 자율학습 감독하는 일로 점심 저녁은 집에서 먹는 날이 별로 없었다. 가끔 집에 있던 일요일이나 저녁을 먹게 되었다. 갖가지 모임이 있으면 그나마 외식이다. 그런 연유도 있고 아이들 키우느라 반찬에 신경을 쓸 여유도 없었다. 그러니 음식을 만드는 솜씨는 영 늘지를 않았다.

한때는 자기가 만든 음식이 맛이 없고 마음에 들지 않는다고 한 적이 있었다. 아내의 기를 죽이지 않으려고 '괜찮아, 맛있어' 하였다. 한편 마음속에서는 '음식이 왜 이래, 도대체 먹을 수가 없어! 반찬을 똑바로 만들지 못하는 거야' 하고 투정을 부리고도 싶었다. 아내는 그저 자기가 만든 음식을 타박하지 않고 먹어줌에 고마워하면서도 미안한 눈치였다.

요즈음은 공직에서 퇴직하고 각자 서로 다른 취미 활동하며 하루하루를 즐겁게만 살아가고 있다. 그중에 아내는 텔레비전에 나오는 요리 프로를 즐겨 본다. 음식 재료라든가 요리하는 순서를 꼼꼼히 적어 놓고 그대로 따라 하면서 음식 만드는 솜씨를 늘려가고 있다. 그동안 음식을 맛깔스럽게 못 해주어 미안한 생각이 든다면서 이젠 시간에 여유가 생겼으니 맛있는 음식을 만들어 보겠노라고 한다.

요즘도 아침만 먹고 나가면 점심 저녁은 거의 밖에서 해결하고 들어온다. 약속이 있어 밖에서 먹을 것인지를 분명히 밝히고 집을 나선다. 아침에는 건강식이라며 콩죽, 샐러드, 과일, 요거트 등으로 마무리한다. 때론 콩나물국이나 미역국이 있을 때는 밥 한 숟갈 뜨기도 했다. 반찬의 가지 수가 너무 많으니 두세 가지만 하라고 하여도 그래도 이것저것 있어야 한다면서 잔뜩 벌여 놓는다. 반찬에 신경을 쓰고 맛있게 이것저것 만들려고 하는 아내가 정말 고맙다. 집에서 저녁을 먹는 날은 새로 배운 음식을 준비한다. 맛있게 하려면 아직도 멀었다. 하지만 성의를 보이는 자세가 고맙다. 그러니 맛이 없어도 "먹을 만해" "맛있어" 해 준다. 아내는 음식을 만들며 칭찬을 듣고 싶었을 것이다. 요즘 흔한 말로 삼식이, 이식이.라는 말들이 있는데 아내는 삼식이가 되어 달라는 것이다. 자기가 만든 음식을 항상 둘이 먹고 싶단다. 노후의 행복이란 바로 이런 것인가 싶다.

젊은 시절에는 고급 요리를 언제나 먹어보나 하였으나 이제는 투박한 아내의 음식이지만 어느 유명한 레스토랑의 음식도 부럽지 않다. 그저 둘이 마주 보고 앉아 도란도란 이야기하며 식사를 하는 시간이 행복할 뿐이다. 맛깔스러운 모양이 아니면 어쩌랴, 달달한 맛이 아니면 어쩌랴. 아내의 정성이 가득한 음식이면 그만이지 않은가! 아내의 눈동자를 바라보며 오손도손 노후 생활 이야기도 나누고 그날그날 재미있었던 일 이야기하며 신혼처럼 알콩달콩 살아가는 맛! 그 누가 알랴. 함께 건강하게 오래오래 살아야 해 다짐을 한다.

아내는 내가 건강하게 오래 살아야 한다는 의미로 "당신 일찍 죽으면 나 바로 재혼할 거야" 하며 겁을 준다. 즉답 "죽은 놈이 시집을 갔는지 안 갔는지 알 게 뭐야! 맘대로 하시게", "당신도 오래 살아 당신 일찍 죽으면 나 혼자 못살아" 아내는 내 걱정이 앞서는 것 같다. "그려 나 일찍 죽으면 궁상떨지 말고 좋은 사람 만나 새장가 들어" 어느새 저녁 식사가 끝난다. "오늘 저녁 먹을 만했어, 잘 먹었네 그려. 설거지 내가 할게. 어서 에어로빅 갈 준비나 하시구려!"

# 물 한 모금

　어릴 적 여름이면 소 뜯기러 나가 가장 많이 놀던 장소는 마을 앞을 가로질러 흐르는 미호천 강가였다. 소는 알아서 여유롭게 강둑을 오가며 풀을 뜯어 먹는 중에 나는 물에 텀벙 들어가 목욕도 하고 모래무지 등 고기도 잡았다. 모래밭에서 찜질도 하고 물기가 자작한 곳에서는 구멍 속 재첩도 잡았다. 고기를 잡을 때 아무런 도구 없이 맨손이었다. 물속 풀뿌리 사이를 손으로 더듬어 물고기를 움키어 냈다. 그저 소박한 고기잡이였다. 잡은 고기는 물을 담은 고무신짝에 넣었다. 그렇게 하루해가 다 가도록 잡은 물고기는 바랭이풀 꽃대에 아가미를 통해 꿰여 한 두릅 두 두릅 만든다. 동네 어깨동무들과 냇가에서 함께 즐기며 놀았었다.

　해 질 녘 한 손에 소 끈을 잡고 한 손에 물고기 두릅을 잡고 집으로 향한다. 소를 몰고 들판 논두렁길을 따라 일렬로 집으로 향한다. 야트막한 산 아래 동네 초가집들 굴뚝에서는 저녁 짓는 연기가 모락모락 하늘로 올라간다. 어머니는 부엌에서 가족을 위해 정성을 다해 저녁밥 준비를 하였을 것이다. 지금도 그때의 정겨운 풍경이 기억 속에 고스란히 남아 있다.

어머니는 이런 걸 뭐 하러 잡아 왔느냐 하면서도 저녁 밥상에 짜글짜글 끓여 내어놓았었다. 가장 맛있게 잡수시는 분은 할아버지셨다. 진지를 드시며 하시던 말씀이 어린 손자가 작은 손으로 잡아 왔다는 것에 칭찬을 하였다. 그리고는 곧바로 "앞으로는 이런 고기 말고 공부 열심히 하여 훌륭한 사람이 되었을 때 시장에서 더 맛있는 고기를 사 오거라" 하신 말씀이 지금도 생생하게 기억 속에 남아 귓전을 울리고 있다. 할아버지는 건강이 좋지를 않아 오랜 투병 생활을 하시다 내가 중학교 삼학년 때 세상을 뜨셨다. 성공하여 맛있는 고기를 사다 드릴 기회를 나에게 주시지를 않고 환갑도 못 넘기고 돌아가셨다.

세월이 흘러 배움과 군 복무를 마치고 중등교사로 충남 지역에 발령을 받았다. 이제는 할아버지에게 다하지 못한 효도를 할머니에게 해드려야지 했다. 일주일을 근무하고 집에 오면 연로하신 할머니 어깨나 다리를 주물러 드렸다. 때로는 머리도 감겨 드리고 손톱 발톱도 깎아드렸다. 그러던 중 어느 토요일 날 청주에 도착하여 시내버스로 갈아타기 위해 승차장으로 가던 길에 잉어를 파는 아저씨를 만났다. 가격을 물어보니 삼천 원을 내란다. 주머니를 뒤져 보니 돈이 모자랐다. 아저씨 작은형 집이 십 분만 걸어가면 있는데 거기까지 같이 가주시면 잉어를 사겠다고 했다. 아저씨는 쾌히 승낙하였다. 작은형수에게 돈 삼천 원만 빌려 달라고 했다. 왜 그러냐는 것이다. 사실대로 말하니 늦었다고 하면서 할머님께서는 아무것도

드시질 못한다고 하지 않는가. 이게 무슨 청천벽력 같은 말인가. 연로는 하셨지만, 지난주만 해도 식사는 하시었는데, 아저씨에게 미안하다고 사과를 하니, 지극한 효성심에 나 자신도 흐뭇한 일이라며 헛걸음은 아니었다고 용서를 해주었다. 곧바로 집으로 갔다.

안방에는 할머니가 아랫목에 누워 계시고 같은 동네에 사시는 친척 어른들 몇 분이 침묵을 지키고 앉아 계셨다. 아버지가 셋째 손자가 왔다고 큰 소리로 귓가에 바짝 대고 말을 했다. 할머니는 힘겹게 눈을 가늘게 뜨셨다. 나는 눈가에 이슬이 조금 맺히었다. 물 한 모금을 수저로 떠드리니 조금 입술을 축이시고 눈을 조용히 감으시었다. 할머니는 무슨 말씀을 하시고 싶은 것이었을까?

옛날 중국에 왕상이라는 효성이 지극한 사람이 살았다고 한다. 그런데 그 어머니가 병을 앓으면서 겨울에 잉어가 먹고 싶다고 하였다. 왕상이 옷을 벗고 강의 얼음을 깨고 들어가려 하였더니, 갑자기 얼음이 깨지면서 잉어 두 마리가 얼음 속에서 뛰쳐나왔다고 한다. 잉어를 먹은 왕상의 어머니 병이 나았다 한다. 진즉 할머님께 잉어를 사다가 드렸으면 기운을 차리시고 더 살아계셨을 텐데 하는 아쉬움이 오랫동안 남아 있었다. 그날 할머니께서는 돌아가셨다. 눈물이 하염없이 쏟아져 내렸다. 할아버지가 돌아가시고 십 사오 년이 지나는 세월 동안 할머니에게 잘 해드려야지 했는데, 왠지 할머니가 불쌍하다는 생각이 들었었다. 오랜 투병을 하신 할아버지 때문에 얼마나 힘이 드셨을까?

어른들께 효도는 주어진 상황에서 최선을 다하는 것이다. 없는 것을 억지로 구해다 드리는 것이 아니다. 값비싼 옷을 사다 드리는 것도 아니다. 마음으로 위안을 드려 편안하게 해드리는 것이 작은 효도요 행복일 것이다. 어른들은 욕심이 없다. 세상을 뜨시기 전에 모든 것을 내려놓으시고 그만하면 됐다 하신다.

해마다 오월이 오면 뜬구름 바라보며 못다 한 효도를 돌이켜 본다. 부모님에게는 함께 여행하면서 즐거움을 선사했었다. 이제 구순이 넘어 여행도 힘들어 못 하시는 홀로 되신 어머니! 맛있는 것 잡수시고 건강하게 오래 사세요. 이 아들 합장하고 기도드립니다.

내일은 시간을 내어 어머니를 찾아가 인사를 드려야겠다.

# 비둘기 사랑

이른 아침 거실 창문의 커튼을 젖히니 때를 잘 맞추어 비가 흡족히 내려 대지를 적시었다. 나무들은 가지마다 생기가 살아나 봄을 재촉한다. 싱그러운 봄을 맞으려는 듯 상쾌한 하루가 시작되니 좋은 일만 있을 법하다. 갖가지 나무들은 저마다 성장력을 간직하고 잎눈과 꽃 망우리를 동그랗게 만들어 금방이라도 터트릴 양 수줍은 미소를 살짝 감추고 빵긋이 웃는다.

어디선가 날아왔는지 비둘기 한 쌍이 전깃줄 중간에 자리를 잡는다. 어미가 새끼에게 먹이를 주는지 아니면 암수가 자고 일어나 인사를 하는지 부리를 맞대고 입맞춤인지 모르지만 부러울 정도로 정겹게 보였다. 짧은 목을 애써 빼내어 서로 좌우를 바꾸어 가며 비비고 온몸에 전율을 느꼈는지 깃털을 부풀려 기지개를 켠다. 요리조리 자리를 바꾸어 가며 하고 또 한다. 사랑의 목마름이 있었는지 나의 시선은 염두에 두지도 않고 한참을 그렇게 보낸다. 그리고는 유유히 건물 뒤편 어디론가 날아갔다. 둥지로 날아간 것인지, 먹이 사냥을 하러 간 것인지 알 수는 없다.

물끄러미 바라보고 서 있는 나에게 아내는 무얼 그렇게 골똘히 쳐다보느냐 한다. "여보, 우리 언제 저렇게 재미난 사랑을 해본 적이 있나" 그리고는 살아온 지난날을 돌이켜 생각해 보았다. 우리는 얼마나 순수했고 아름다우면서 그리움에 사무친 사랑이었었나 다시금 그 시절로 돌아가 다하지 못한 사랑을 나누고 싶어진다. 신혼 초에는 몇 개월 근무처 때문에 주말 부부 생활을 했다. 그나마 전세방도 못 얻어 부모님 밑에서 생활하였다. 토요일 오후에 만나면 부모님 농사일 돕느라 두 사람만의 시간을 갖기란 그리 쉬운 일이 아니었다. 신혼 초에 아내를 행복하게 해준 일이 거의 없었다. 사랑하는 마음만 눈빛으로 전하곤 했다. 일주일 만에 만난 아내는 어떤 마음이었을까? 나는 그저 눈으로 바라보는 것만으로 행복했다.

몇 개월 후에 직장이 옮겨져 더 이상 떨어져 사는 일은 없어졌다. 아내는 일요일에 특근하는 일이 잦았다. 아침에 일찍 일어나 아침밥을 짓고 가족들 아침상 차려서 각자의 일터로 보내고 본인 출근 준비하랴 얼마나 몸이 닳았을까? 일요일 집에 있는 날에는 논밭으로 나가야 했다. 그러다 첫 아이를 가져 배가 부르니 행동도 부자연스러웠다. 밤새 눈이 내려 온천지를 새하얗게 물들이면 우리 집 강아지는 마냥 즐거워했지만, 나는 출근길 아내의 안전함을 위하여 눈을 치워 길을 내느라 고생도 했었다. 이것이 아내를 사랑하는 마음이었기에 힘든 줄도 모르고 쓸고 또 쓸었다. 아내는 나의 그런 행동에 고마움의 마음을 보여주었었다.

새봄을 맞는 때에 아들을 낳으니 아내는 할 일이 또 하나 늘어났고, 아내의 사랑은 아들에게 다 뺏기고 뒷전에서 아이와 싸우느라 온 힘을 다 쏟아붓는 아내의 모습이 안쓰럽다 생각만 하고 바라볼 뿐이었다. 그러던 어느 일요일 아침 아내는 일직이라 출근하여야 하는데 가사에 정신이 없다. 조금이라도 일손을 덜어주려는 생각으로 기저귀를 들고 현관 앞 수돗가로 가져가 엉거주춤한 자세로 빨기도 했다. 바쁜 아내를 위해서 부모님 몰래 이와 비슷한 일들이 여러 번 있었다. 삼 년 후 부모님 밑에서 벗어나 전세방을 얻어 나오게 되었다. 무엇인가 무거운 짐을 한 짐 벗어 놓은 기분이었다.

가정에서의 남녀의 역할에 대하여 명확하게 구명할 필요는 없지만, 사랑하는 사람에게 사랑의 표현은 많은 방법이 있다. 아내의 바쁜 일손을 도와줄 수도, 서운한 기색이 보일 때 살짝 이마에 사랑의 뽀뽀해 줄 수도 있다. 서로의 아픔을 이해하고 배려하는 마음이 바로 사랑이 아니겠는가. 결혼식장에서 들었듯이 검은 머리 파뿌리 될 때까지 서로를 아껴주며 사랑하고 배려하는 자세로 살아가리라 했었다. 우리 부부는 은퇴 후 여유로운 생활이라서 그나마 서로의 일손을 덜어줄 수가 있어 참 다행이다. 오늘 아침에 비둘기 한 쌍이 나에게 준 모습은 새롭게 주는 인생 교훈으로 받아들여 나의 다짐을 다시 새긴다. 생을 다하는 날까지 아내를 사랑하리라. 여보 미안해! 그리고 사랑해!

# 삶의 길

서양의 철학자 쇼펜하우어는 '자살은 실수라 했다' 이런 문구를 보고 초등학교 5학년 때 죽어버려야지 했던 일이 생각이 난다.

그날도 비가 내렸었다. 어린 나이에 즐겁게 친구들과 뛰어놀고 싶기도 하고 마음껏 꿈을 펼치기 위해 공부도 열심히 하고 싶었었다. 저녁을 먹는 식사 자리에서 아버지에게 투정을 부린다고 야단을 맞았다. 서운한 감정이 북받쳐 죽어 버리자, 라는 울컥하는 마음에 순간적으로 집을 뛰쳐나와 동네 앞 철길 옆에 서 있었다. 기적을 울리며 기차가 달려온다. 내 두 뺨에는 두 줄기 눈물이 하염없이 흐른다. 서운한 마음이 가슴속 깊이 박히었다. 사정없이 쏟아지는 빗물과 함께 범벅이 된 내 얼굴을 기관사의 의심 어린 손전등 불빛이 정지된 나를 똑바로 감시하며 지나간다.

덜커덩덜커덩······.

죽으려고 뛰어와 기찻길 옆에 서 있기는 했지만 무섭고 두려워 그 자리에서 꼼짝도 못 한 나는 행복하게 살고 싶다는 희망을 찾고자 소리 내어 엉엉 울었다. 마음이 약해져 발길을 돌렸다. 천천히 걸으며 친구들과 재미있는 놀이를 하는 모습을 그리며 집으로 왔다. 집에는 아무도 없었다. 슬그머니 뒷문을 통하여 골방에 들어가 낮에 농사일을 돕느라 몹시 피곤했던지 곧바로 잠이 들어 버렸다.

그날 상황은 이랬었다. 할아버지, 할머니, 그리고 가족 모두가 농사일을 마치고 저녁 식사 자리에서 "나는 환경이 나빠서 공부할 수가 없다"라며 투정을 부렸다. 그 말을 들으신 아버지는 크게 화를 내시며 "왜 우리 집이 환경이 나쁘냐? 어미·아비가 남에게 나쁜 짓을 하냐? 도둑질하냐? 그저 죽을힘을 다해 농사지어 먹고 사는 데 무엇이 환경이 나쁘다는 거냐.……" 크게 야단을 치시었다.

내 생각은 학교에서만 공부하고 집에서는 부모님 농사일 돕느라 배운 내용을 예습, 복습을 전혀 할 수가 없다는 단순한 투정인데 아버지께서는 다른 상황으로 들리셨나 보다. 제 머리로는 학교에서 선생님의 가르침만으로는 도저히 학습 진도를 이해하며 따라가기가 너무 힘겨웠다. 더 잘하며 앞서가고 싶었다. 나는 집에서 공부는 할 수 없고 부모님이 시키는 농사 심부름으로 하루의 일과를 마쳤다. 친구들은 우리 집이 농토가 많아 부자라며 부러워했다. 정작 나는 농토가 없어 부모님의 일손을 도울 일이 없이 마음 놓고 뛰어놀고 공부하는 친구가 너무 부러웠었다.

다음날 잠에서 깬 나는 어제저녁의 일이 떠올랐다. 계면쩍고 부끄러워하며 안방으로 나왔다. 온 집안 분위기가 가라앉아 있었다. 아버지 앞에서 고개를 푹 수그리고 죄송한 마음으로 서 있었다. 할머니께서 저를 보시고는 얼른 가슴으로 끌어안으시면서 "여기서 잔줄도 모르고 너를 찾느라 온 식구가 밤새도록 동네 구석구석을 찾아다녔는데 여기 있었구나." 나도 모르게 눈물이 내 두 뺨을 적신다.

"정말로 네가 죽으러 나간 것으로 알았다. 이놈아! 그래 잘했다. 더 좋은 환경에서 너를 공부시켜야 하는데 그러지 못한 부모가 죄다. 어린 네 맘을 아프게 했으니……. 됐다. 이제 이렇게 멀쩡하니 밥 먹고 학교 가야지." 할머니께서 따뜻하게 말씀해주신 사랑이 아직도 가슴을 울린다. 할머니 가슴 속 눈물은 내 그리움의 눈물로 이어진다.

부모님은 농사지으며 8남매를 키우고 가르치셨다. 농사일을 하시면서 90세로 청주 향교에서 수년간 활동하였는데 현재는 유도회 고문을 맡고 계신다. 한시를 배우시어 전국 각지에서 실시하는 한시 대회에 참가하신다. 그리고 6·25 참전용사전우회 간부를, 조상님들의 얼을 되새기시는 일에 적극적이시며 신앙서원의 일과 죽계서원 회장을 수행하고 계신다. 농사를 지으시며 모든 일에 적극적으로 참여하시면서 행복하게 사시는 것을 보니 정말 존경스럽다. 아버지의 삶을 본받아 살고 싶다. 엄부자친의 부모의 길이 우리가 본받아야 할 마음 길이며 사랑의 길이다. 그 후로 주어진 환경을 탓하지 않고 열심히 살아왔다고 생각하고 있지만, 아버지 앞에 서면 부족함에 한없이 부끄럽다. 지금은 부족한 나를 위하여 시간을 헛되이 보내지 않고 시간 계획을 세워 하루하루를 보내고 있다.

살아간다는 것은 수없이 얽히고설킨 마음 길에서 내 행동을 선택해야 한다. 고통을 감내하고 올바른 길을 선택하여 가다 보면 내 뜻을 이룰 날이 오지 않을까. 행복한 삶은 내 마음의 선택, 내 행동에 달려 있으리라. 참고 참으며 힘들게 찾아가는 마음 길 그것이 인생이리라. 실수는 최대한 줄이고 매사에 최선을 다해 행복한 삶의 길을 택하여 찾아가야겠다. 지금도 비 오는 날 기적소리가 들리면 내가 옹졸했던 그 시절이 한없이 부끄럽게 떠오른다.

# 애절한 사랑

　요즈음 매스컴을 통해 지도층이나 공인이라 불리는 사람들의 이혼 이야기가 흥밋거리처럼 퍼진다. 때로는 일반인들에게 부추기는 경향도 없지 않다. 이혼율이 사회적으로 증가하는 뉴스를 보면 공연히 마음이 답답하다.

　이들의 이혼 사유는 여러 가지다. 서로 사랑하는 마음이 싹터 결혼해 살다가 성격 차이로, 또는 신체적으로 장애를 입었다는 이유로 이혼을 한단 말을 들으면 너무 이기적이란 생각이 든다. 배려하고 감싸주는 인仁으로부터 나오는 측은지심惻隱之心이 없구나. 하는 마음이다. 사랑하는 마음은 어디론가 순식간에 사라지고 지나치게 물질 위주의 삶만을 앞세운다. 하지만 어쩔 수 없는 경우는 그래도 이해가 된다.

　오늘은 TV에서 황새 한 쌍의 애절한 사랑 이야기를 들었다. 크로아티아의 어느 작은 시골 마을에 전해오는 홍부리황새의 순애보였다. 아내를 먼저 저세상으로 보내고 혼자서 쓸쓸히 살아가는 한 노인의 집 지붕에 황새가 둥지를 틀었다. 5년 전 여기서 짝을 맺고 알을 낳아 부화시켜 새끼를 기르던 중, 사냥꾼이 쏜 총에 맞아 암컷의 날개가 장애를 입어 날지 못하게 되었다. 홍부리황새는 철새인지라 날씨가 추워지면 삼만 리가 넘는 따뜻한 남쪽으로 날아가야 한단다. 이를 어찌할 것인가? 하는 수 없이 수컷은 새끼들만 데리고 날아가 버렸단다. 노인은 마음속으로 비정함을 한탄했겠지. 사냥꾼을 미워했겠지. 이후로 노인은 그 암컷 홍부리황새를 불쌍히 여겨 집 안으로 데려와, 몸이 아주 아팠던 아내를 돌보듯 지극정성으로 먹이를 주며 보살폈단다.

이듬해 황새가 돌아오는 시기가 되었을 때, 뜻밖에 수컷이 자기의 짝인 장애 암컷을 찾아왔단다. 어떻게 찾아왔을까? 자기의 짝을 찾아온 것이 신기하게만 느껴진다. 그 노인은 너무나 반가워 암컷 황새를 얼른 둥지에 넣어 주었단다. 다시 만났을 때 서로는 보고 싶었던 마음을 어떻게 표현했을까? 헤어질 때 안타까움과 다시 만나는 반가움에 흘리는 눈물이 함께했을 것이다. 올해도 새끼를 낳아 잘 기르자는 약속으로, 서로 부리를 비비고 날개를 펴 온몸을 포옹했을 것이다. 가슴이 얼마나 따뜻했을까? 애절한 사랑의 표현은 우리의 마음을 찡하게 한다. 수컷은 평소에 하던 대로 둥지를 잘 꾸미고 짝짓기했다고 한다. 언제나 그랬듯이 수컷은 암컷의 몫까지 열심히 새끼들의 먹이를 주며 애지중지 키웠다. 언젠가는 따뜻한 남쪽으로 날아가야 한다는 것을 알고 있는 수컷은 새끼들이 나는 방법을 반복하여 온몸으로 가르쳤다. 어미는 홀로 두고 새끼들만 데리고 남쪽으로 가야 한다는 생각으로 또 한 번 생가슴 찢어지는 통증을 감내하였으리라. 그렇게 잘 먹이고 나는 법 가르쳐 추운 겨울이 오기 전에 또다시 남쪽으로 새끼들만 데리고 날아갔단다. 헤어지며 무어라 속삭였을까? 우리가 이해할 수 없는 이별의 대화를 얼마나 했을까? 날지 못하는 암컷에게 사람이나 다름없는 위로의 표현을 남겨주고 떠났을 것이다. 어쩔 수 없는 이별을 하면서 뜨거운 눈물은 또 어떠했을까? 홀로 사는 노인에 대한 믿음과 고마움을 간직한 채 남쪽으로 향하여 내키지 않는 날갯짓을 휘~어월 휘~어월, 상상만 해도 눈시울이 뜨거워진다.

해도 어김없이 순애보는 4년째 이어지고 있단다. 사랑은 거리가 멀다는 장벽도 어떠한 어려움도 무너뜨린다는 교훈을 준다. 올해에도 찾아와 둥지를 다시 고치고 짝짓기하는 장면이 화면에 비친 것이다. 안타깝게도 수컷이 세월의 흐름에 어쩔 수 없는지 많이 쇠약해져 보인다는 말을 노인은 전한다. 순애보는 언제까지 이어질까 안타깝다. 황새의 애절한 사연을 보면서 한동안 가슴이 멍했다.

나는 한순간 죄스러운 생각을 가졌던 때가 있었다. 아내와 사소한 의견 다툼으로 인해 순간적으로 아무 생각 없이 갈라서자고 했었다. 긴 기간 동안 냉각 기류가 집안을 싸늘하게 만들었다. 참으로 괴로운 날들이었다. 아버지께서 깨우쳐주신 가르침대로 유교적 인륜을 중시하며 살아왔는데 경솔함으로 인한 부끄럼이 밀려들었다. 아내는 아내대로 힘들어하며 방황하는 시간이 계속되고 집안 공기는 차갑기만 했다. 일가친지 앞에서 평생 해로를 약속하며 다짐하지 않았던가. 이토록 쉽게 인륜을 저버리고 황새만도 못한 모습을 보여야 했는가. 후회와 반성으로 뒤척이고 괴로워했다. 그렇게 냉랭한 시간이 흐르며 마음은 차차 누그러지고 부부, 아내, 가정, 자식에 대한 고마움과 소중함이 새롭게 솟아올랐다. 말은 하지 않아도 아내 또한 그런 마음을 가졌다는 것을 육감으로 알 수 있었다. 서로는 반성하며 상대를 위해 배려하고 이해하는 쪽으로 차츰 바뀌어 갔다. 자식을 위해 고생하는 아내를 사랑하고 보듬어 주어야지 하는 자세로 움직인 것이다. 그 이후로는 삼십여 년을 무탈하게 지내왔다. 아내의 의견을 따라주고 특별한 경우를 제외하고는 항상 아내와 함께한다. 아내와 함께한 일들의 횟수가 늘어간 만큼, 정도 더욱 깊어만 갔다. 부부의 정은 얼마나 깊고 얕은가를 따질 필요가 없다. 화목하면 자연히 웃음꽃이 피게 마련이다. 홍부리황새만큼의 사랑은 베풀지 못해도 그렇게 흉내는 내려고 노력한다. 홍부리황새여! 고맙다.

　자연의 품으로 돌아갈 때까지 홍부리황새처럼 나도 아내를 보살피고 사랑하련다.

# 어머니 보고 싶어요

올해도 어김없이 가정의 달 오월은 다가온다. 벚꽃이 만발하면 가족들과 함께 벚꽃을 보러 진해 군항제를 보러 갔었던 생각에 더욱 어머니가 보고 싶다. 어머니는 큰형님 집에서 사신다. 백 순을 눈앞에 두시고 아직은 신체적 건강은 대수롭지 않게 사신다. 정신 건강 상태는 치매가 있어 자식들은 늘 불안하다. 큰형님 내외는 집을 비우고 논밭에 나가서 일하느라 어머니를 보살펴 드리지 못한다. 이삼 년 전까지만 해도 나는 어머니를 모시고 나들이도 다니고 맛있는 음식을 사드리고 하였다. 그러다 지구 전체를 혼란에 빠트린 코로나19 때문에 요즈음은 어머니를 만나지를 못한다. 사람과 사람을 접하지 못하게 하는 정책도 있지만 잘못하여 코로나19에 전염이 될까 봐 두려운 것이다.

어머니는 매일 주간보호 센터에 가신다. 아니 그곳 직원들이 모셔 가신다. 형님 내외가 농사일로 보살펴 드리지 못하니 방법이 없다. 전에는 어머니가 계시는 주간보호 센터에 일주일에 한 번씩 어머니를 뵈러 갔었다. 2년 전부터는 외부 사람은 접근을 차단하여 가지를 못한다. 만약 어머니에게 코로나를 감염시키면 노환과 치매로 어려운 삶 자체가 문제가 될 수 있다는 판단에 큰형님은 누구도 오지 못하게 하였다. 매년 두 번의 큰 명절에도 찾아뵙지를 못했다.

어머니가 좋아하시는 간식거리나 음식을 현관에 놓고 온다. 세상이 어째서 이렇게 변하게 되었나, 어느 사람의 실수로 지구촌 모든 사람에게 이런 고통을 받게 하는가? 누구를 원망할 수도 없다. 우리 스스로 감염 예방 수칙을 잘 지키며 살아갈 수밖에 도리가 없다. 어머니는 주간보호 센터를 가시면서 늘 노인정에 놀러 간다고 말씀하셨다. 어떤 이들은 자식들 앞을 떠나 보호센터를 가기를 싫어한다는데 어머니는 보호센터에 가시는 것을 즐거워하신다. 아마도 센터의 요양보호사님들이 지극정성으로 노인들을 보살펴 주기 때문에 그런 것 같다. 잘 세워진 계획대로 율동을 곁들인 노래도 함께하며 즐기시는 것 같다. 때로는 노인들끼리 별 내용도 없는 이야기로 즐겁게 지내고 있을 것이다. 위로 봉사를 다니는 사람들이 와서 악기라도 불면 어머니는 다른 몇 분의 어르신들과 무대 쪽으로 나와 몸을 흔들며 즐거워하셨다.

어머니의 하루 생활이 눈앞에서 어른거린다. 오늘도 요양보호사들의 재미난 이야기로 치매 노인들의 정신적 치유하고 있겠지 생각하며 어머니를 그려본다. 웃음이 나보다는 많으신 어머니는 다른 노인들에게 무슨 말을 하고 계실까? 궁금하다. 자식들에게 커서 무엇이 되어 달라는 부탁도 없었다. 팔 남매를 낳아 키우시면서 자식 자랑은 잘 하지 않으셨다. 자식이 출세해도 그냥 무감각한 표정이셨다. 누구와 다투시는 일을 거의 보지를 못했다. 마음은 늘 천사표이었다. 자식들에게도 큰 요구도 없었다. 그저 착실하게만 커다오! 하는 바람이 전부였다. 돈 많이 벌어와 호강시켜 달라는 말씀도, 좋은 집에 살게 해달라는 말씀도 없었다. 나 역시 크면서 부모님에 대한 출세의 부담을 느끼고 살지를 않았다. 내가 하고 싶어 할 뿐이었다. 자식들에게 어떠한 부담을 주시지 않으셔서 고맙습니다. 어머니!

어머니의 속내는 아마도 자식들이 다 잘되기를 바라고 계셨을 것이다. 표현하지 않았을 뿐이다. 간절히 바라는 기도문을 읽으셨을지도 모른다. 어려서 한두 번 본 기억이 있다. 집 뒤 장독대 위에 냉수 한 그릇을 떠 놓고 두 손을 비벼가며 무언가 중얼거리던 모습이 실루엣처럼 아련히 떠오른다. 나는 보답이라도 하듯 내 두 손을 맞잡고 기도한다. 어머니 치매 끼가 더 이상 심해지지 말고 백 세까지 건강하게 사세요. 언젠가는 어머니 옛날처럼 뵐 날이 있겠지요. 오늘도 욕심 없이 방긋 웃으시는 어머니의 모습이 보고 싶어요.

갈매기의 꿈을 꾸다

이기원 수필집

1쇄 인쇄 | 2022년 11월 04일
1쇄 발행 | 2022년 11월 14일

지 은 이 | 이 기 원
펴 낸 이 | 노 용 제
펴 낸 곳 | 정은출판

출판등록 | 2004년 10월 27일
등록번호 | 제2-4053호
주        소 | 04558 서울시 중구 창경궁로 1길 29 (3층)
대표전화 | 02-2272-9280
팩        스 | 02-2277-1350
이 메 일 | rossjw@hanmail.net
홈페이지 | www.je-books.com

ISBN 978-89-5824-472-1(03810)
값 13,000원

＊ 이 책은 충청북도, 충북문화재단의 후원으로 문화예술육성지원
   사업의 일환으로 지원받아 발간되었음.